O ÚLTIMO CONHAQUE

O ÚLTIMO CONHAQUE

CARLOS
HERCULANO
LOPES

7ª edição

EDITORA RECORD
RIO DE JANEIRO • SÃO PAULO
2024

CIP-BRASIL. CATALOGAÇÃO NA PUBLICAÇÃO
SINDICATO NACIONAL DOS EDITORES DE LIVROS, RJ

L851u Lopes, Carlos Herculano, 1956-
O último conhaque / Carlos Herculano Lopes. - 7. ed. -
Rio de Janeiro : Record, 2024.

ISBN 978-65-5587-889-9

1. Romance brasileiro. I. Título.

23-87030
CDD: 869.3
CDU: 82-31(81)

Meri Gleice Rodrigues de Souza - Bibliotecária - CRB-7/6439

Texto revisado segundo o Acordo Ortográfico da Língua Portuguesa de 1990.
Direitos exclusivos desta edição reservados pela
EDITORA RECORD LTDA.
Rua Argentina, 171 – Rio de Janeiro, RJ – 20921-380 – Tel.: (21) 2585-2000.

Impresso no Brasil

ISBN 978-65-5587-889-9

Este livro é para os meus amigos Lourdinha Mourão, Sérgio Peixoto, Cristina de Oliveira Giffoni, Waldemar A. Fernandes Lopes, Bartolomeu Campos Queirós, Sílvia Teixeira de Aguiar, Sara e Marcelo Jacinto da Silva, Adilson Carlos Fernandes e Júlia e Marco Altberg.

E pela lembrança de Sílvia de Lourdes Garcia de Aguiar, tia Sílvia, Elza Beatriz von Dollinger de Araújo e Joaquim da Silva Chaves.

"E o temor dos cegos passa por mim, até o esquecimento, até o fim, até a incompreensão..."

Natan Alterman

1

Assim que entrou no antigo quarto e viu suas coisas no mesmo lugar, como há tantos anos havia deixado, sentiu que seu coração — embora tenha se preparado muito para aquele dia — começou a bater acelerado, de um jeito estranho, como há tempos não acontecia. As lágrimas foram saindo, tudo girou à sua volta, recostou-se na parede, fechou os olhos e procurou não pensar em nada. Em seguida, já mais calmo, foi ao banheiro, lavou o rosto, passou água fria na nuca e só assim, aos poucos, conseguiu se dominar. Chorar, desde pequeno, causava-lhe muita vergonha, e ele tinha voltado, depois de quase trinta anos, para assistir ao enterro da mãe. Ela, em todas as cartas que escrevia — e foram dezenas —, ou na única vez em que o visitou — assim mesmo porque insistiu muito —, lhe pediu que não voltasse, profetizando até, quando disse: "Nem que eu morra, meu filho." Mas, contrariando a sua vontade, ele estava ali, na Santa Marta de sua infância, e achava que ela iria entender, embora pedisse tanto para que ele não viesse, revestida de razões que só agora, mesmo sendo recém-chegado, ele começava a compreender, quando sensações há muito esquecidas de novo rodeavam o seu coração. Sua mãe morreu de repente, fulminada por um ataque cardíaco, mas, ainda assim, uma mulher que na hora a visitava conseguiu gritar por socorro e alguns vizinhos vieram, a colocaram dentro de um carro e a levaram para o hospital, mesmo sabendo que já estava morta, pois era total a sua ausência de cor e movimentos, conforme depois lhe disseram. E lá no hospital, em um necrotério escuro, malcheiroso e acompanhada só por suas duas irmãs, Rosita e Maura, o filho de uma delas, Pedro, e por Maria Tereza, sua sobrinha mais velha e, na infância, sua única amiga, a mãe ainda teve que esperar quase dois dias até que ele chegasse, liberasse o corpo, pagasse aos médicos que não fizeram nada, pois não havia mesmo o que fazer, e a levasse para o cemitério, onde — os mortos eram tantos — parecia já não caber mais ninguém, tamanho era o número de cruzes. Cruzes de madeira, muito simples, a maioria delas quebradas ou totalmente tomadas pelo mato. Além disso, na própria cova que abriram para ela — já quase encostada no muro e perto de uma oficina mecânica, entre roncos de motores e gritaria — ele viu pedaços de crânios, fragmentos de ossos, restos de mortalhas e até umas contas de terço espalhadas pela terra. Eram contas de cores variadas e disputavam a terra vermelha, vermelha e úmida, da qual jamais irá se esquecer, mesmo que ainda viva muitos anos e armazene outras imagens e lembranças. Da terra também brotavam, com uma força incrível, os mais diversos tipos de matos, além de uma ou outra florzinha, dessas muito bonitas, mas singelas, tão singelas quanto anônimas e às quais ninguém dá a menor importância. Depois que o coveiro terminou o serviço e foram feitas as últimas orações por uma mulher que ele não conhecia, assim meio às pressas, pois já começava a escurecer e o cemitério não era iluminado — do caixão saía um cheiro forte que já estava incomodando e fazia com que muitas pessoas, despistadamente, tapassem os narizes —, uma das mulheres presentes ao velório se aproximou dele, após se despedir de uma outra, bem mais velha e que ficou olhando-os de um jeito engraçado e meio irônico, como se fosse cúmplice de alguma coisa. Ela usava um vestido rosa, óculos escuros, estava de véu e, tentando ser gentil, mas de uma maneira meio afetada, disse que sua mãe não sofreu, embora quase tivesse morrido sozinha, sem ao menos o conforto de uma vela, já que passava a maior parte do tempo sem ninguém, trancada dentro de casa e em total silêncio. "Nos últimos anos ela só tecia: tecia e fumava", a mulher disse, tirou o véu, os óculos, atrás dos quais se escondiam uns olhos verdes, melosos, e, como ele não respondesse nada, ficou parada, com um meio-sorriso, achando que dele devesse partir alguma iniciativa. Mas, como continuasse quieto, sem dizer nada, ela também ficou assim e só olhava. E foram deixando o cemitério, já quase vazio e, lado a lado, desceram o morro, cruzaram a velha ponte de madeira (a mesma da sua infância), passaram em frente ao novo prédio da prefeitura e, daí a pouco, estavam na praça, a única da cidade, onde, antes de se livrar daquela situação que, de tão incômoda estava ficando insuportável, ela retomou a conversa, agora de novo sem os óculos, e disse a ele, como se fosse segredo ou como se estivesse lhe fazendo uma promessa: "Se você precisar de alguma coisa..." Ele agradeceu a sua presença no enterro, estendeu-lhe a mão e, muito sem graça e depois de tropeçar em uma pedra, perguntou-lhe o nome, pois não tinha outra coisa sobre o que falar. "É Inês", ela quase soprou aos seus ouvidos, enquanto se afastava, após olhá-lo mais uma vez, como se o estivesse despindo. E só então ele notou que ela era muito bonita, bastante sensual, e que seu vestido, bem justo e transparente, estava colado ao corpo e ela andava de uma maneira provocante, bem ciente do que fazia. E ele achou muito esquisito, escabroso até, desejar uma mulher logo após o enterro da mãe, como naquele momento estava acontecendo. Já havia escurecido, e daí a alguns segundos, assim que Inês dobrou a esquina e dela, naquele ar parado, só lhe restaram o perfume e o desejo, ele se dirigiu a um bar, o primeiro que viu, e comprou uns maços de cigarros, dois dropes de hortelã, um litro de conhaque e três latas de salsichas, além de um pacote de pão sovado, pois desde a manhã não havia comido nada e seu estômago já estava doendo, como sempre acontecia em situações parecidas. Nesse momento, notou que um homem, encostado no balcão e tomando uma cerveja preta, olhava para ele. E, deixando voar a memória, viu nele alguma coisa de familiar, dessas lembranças bem antigas, já quase apagadas ou mais semelhantes ao sonho. O homem se parecia com Bruninho, um menino que conhecera na infância, ali mesmo em Santa Marta, e com o qual, algumas vezes, costumava brincar, quando acontecia ser liberado pela mãe para passear na rua, ou ir ao campo de futebol. Porém, ao se aproximar e perguntar seu nome, este, fingindo não haver escutado, continuou encostado ao balcão, tomando a sua cerveja, de olhos baixos e fixos em um ponto qualquer da parede. Mas ele, que sempre fora um bom fisionomista, tinha certeza de que era mesmo o Bruninho, apesar de já se terem passado tantos anos, quase trinta, desde a sua partida no caminhão do Leo, naquele dia de chuva, e o início, em São Paulo, na casa de Ruth, de uma nova e inesperada vida. Bruninho era filho único, tinha o apelido de Ferrugem devido às suas sardas, que ainda existiam, e seus pais, assim como os dele, não sabia direito por quê, quase não o deixavam sair, e era bem provável que eles dois, naqueles dias, fossem os meninos mais solitários de Santa Marta, onde todos os outros, na maior liberdade e fazendo o que lhes viesse à cabeça, viviam soltos pelas ruas. E foi ainda por isso — pela certeza de conhecê-lo — que, outra vez, quis dirigir-se ao moço, falar alguma coisa ou até mesmo convidá-lo a um trago, que poderia fazer renascer, tanto tempo depois, uma já esquecida amizade. "E aquela bolinha de gude que lhe dei, Bruninho, você se lembra dela?", ele quis perguntar. Mas, como continuasse imóvel, de cabeça baixa, acabou desistindo: pagou os cigarros, os dropes, as salsichas, o pão sovado, o conhaque Presidente, pois não tinha o Macieira que sempre foi o seu preferido, e foi para casa, a sua antiga casa, com a certeza de que aquela cidade, a Santa Marta da sua meninice, não lhe pertencia mais, e ali só ficaria o tempo necessário para resolver sobre as coisas que foram de sua mãe. A casa, não poderia vendê-la, pois sua irmã Rita tinha os seus direitos, embora, àquelas alturas, talvez fosse muito difícil encontrá-la, uma vez que há anos não dava notícias. Sabia apenas que morava no Sul, em Santa Catarina, para onde foi com um homem, após fugir de um internato também no sul, só que de Minas, quando, pela última vez, deu notícias, dizendo que havia se casado "com o Eithel", e que logo logo, assim que se estabelecessem, mandaria seu novo endereço "para que você, mano, venha nos fazer uma visitinha". E, ainda na carta, cheia de afetações, ela dizia: "O Eithel, você vai ver, é um amor." Mas se ninguém se interessasse em alugar a casa — já que não poderia mesmo vendê-la — porque o seu estado era deplorável, talvez a deixasse com Maria Tereza, a prima de quem sua mãe sempre lhe falava nas cartas e que, ele sabia, foi, há muito, a sua única amiga, dessas raras, com as quais se pode contar. Maria Tereza era morena, tinha uma expressão calma e, na sua época de menino, uma das poucas pessoas com quem conviveu mais de perto, assim mesmo quando acontecia dela ir à sua casa, o que raramente ocorria. Porém, não teve dificuldades em reconhecê-la no velório, quando a viu cuidando de sua mãe, após vesti-la (uma das suas tias lhe contou) com a roupa mais bonita e cara que conseguira comprar, "já que nos guardados dela", também a tia lhe disse, "só existiam uns vestidinhos antigos e comidos pelas traças". "Foi bom você ter vindo", Maria Tereza lhe falou enquanto levavam o corpo, que foi carregado por ele e seu primo Pedro, ainda um adolescente, mas muito alto e magro, e por mais três homens que se revezavam e aos quais, depois do enterro, quis dar algum dinheiro, pois lhe pareceram bem pobres, além de lhe terem feito um grande favor ajudando-o a carregar o caixão que, em alguns momentos — seria só cisma? — ficava inexplicavelmente pesado, como se todas as mortes e as dores do mundo estivessem concentradas ali. Mas os homens recusaram sua oferta e um deles, que já estava meio bêbado e muito malvestido, ainda lhe falou, após pedir um cigarro, assoar o nariz e limpar os dedos na calça: "Eu ia votar no seu pai." E olhando para ele, para sua roupa suja, os dentes cariados e tanta miséria, quis, de algum modo, ajudá-lo, retribuir o que estava fazendo. Depois de receber o cigarro e de, com uma certa cerimônia, cumprimentá-lo com um aceno de cabeça, o homem foi saindo depressa, pois os outros dois, que ele também não conhecia — e que não lhe dirigiram sequer um olhar —, já estavam com ares de impaciência, esperando o companheiro um pouco adiante. Um deles, negro muito forte e com jeito de poucos amigos, vestido de branco, como o outro, permanecia de cabeça baixa. E foi pensando nestas coisas que ele resolveu, quando estava quase chegando em casa, voltar ao bar, onde comprou mais cigarros, outro litro de Presidente, pois não tinha o Macieira, e também fósforos, umas três ou quatro caixas. Tomou ali mesmo um trago, que desceu queimando, e foi para sua antiga morada com o propósito de, até o dia de ir-se embora, o mais breve possível, não colocar mais os pés na rua, a não ser para se avistar com Maria Tereza, caso ela não viesse vê-lo. Bruninho já não estava no bar. Mas notou que os presentes, uns cinco ou seis homens, observaram-no, mediram-no de alto a baixo, porém ninguém disse nada, e ele saiu dali como se não existisse, embora soubesse que o seu nome, em toda a Santa Marta, já devia estar rolando de boca em boca, de esquina em esquina, nos fundos das cozinhas, e, disso não tinha dúvidas, até chegado aos ouvidos de Rodrigo Lima. Isso tudo pouco depois do enterro de sua mãe, Maria Lucas, e quase trinta anos após o assassinato de seu pai, a quem chamavam de Juko. Doutor Juko Lucena. Ele era médico, faria trinta e nove anos quando morreu, não tinha parentes em Minas, nunca falava dos seus que haviam ficado no norte, bebia muito, de tudo, fumava mais ainda, e adorava política: único assunto que realmente o empolgava e sobre o qual (sua mãe lhe contara) ele falava horas seguidas, dono de argumentos e de um discurso que, de tão seguros, convenciam com facilidade e encantavam até os adversários, que se calavam para ouvi-lo. "Ele tinha esse dom", sua mãe também falou, completando em seguida, e não sem uma pontinha de orgulho que, sem querer, deixava transparecer: "Parecia um Carlos Lacerda." E por causa da política, porque iria se candidatar a prefeito de Santa Marta, ele foi baleado na escada de sua casa, dias após a convenção do partido, a então UDN, que acabou indicando-o por ampla maioria e com a certeza de que, daquela vez, reconquistaria a prefeitura, há mais de duas décadas nas mãos dos adversários, ou melhor, sob o mando de um único homem: Rogério Lima. Seu pai levou três tiros, todos nas costas, e cambaleou sala adentro já sem o jogo das pernas, arrastando-se e olhando para sua mãe, para sua irmã e para ele, como se pedisse socorro, até cair em cima da mesa, depois de jogar algumas cadeiras no chão e de ser amparado por sua mãe, que gritava desesperada. E morreu sem dizer uma só palavra. E os seus olhos, naquela hora, estavam negros, muito mais negros do que até então haviam sido. A mãe, após mandar que ele e Rita segurassem a cabeça do pai, foi correndo a um dos quartos, o que ficava nos fundos, e de lá voltou com uma imagem muito velha, meio quebrada e que ele nunca havia visto, e, colocando-a entre os dedos do marido, segurou-a firme em suas mãos e lhe disse com um tom de voz que naquele momento demonstrava uma fé e força impressionantes: "É a santa, meu amor." Mas, instantes depois, quando viu que não adiantava pois ele estava morto, ela começou a chorar. E do choro passou aos gritos, a arranhar o rosto e a puxar os cabelos — e gritava muito. Uns gritos feios que, como aqueles, ele nunca mais escutou, apesar de ainda — em frequentes e demoradas noites de insônia — eles insistirem em assaltar seu coração que bem depressa se fecha, se recolhe como um caramujo e diz a si mesmo: "Não." E Rita e ele, até então sem nenhuma reação, acompanharam a mãe na tristeza. E choraram e gritaram; também arranharam os rostos e puxaram os cabelos, tudo bem igual ao que ela fez. E aquela foi uma cena que ele, pela vida afora, nunca viu se repetir. Mas, daí a pouco, como se saído do nada, a casa já estava cheia de gente e algumas daquelas pessoas — os homens, principalmente — ele jamais havia visto, embora pensasse conhecer todo mundo em Santa Marta. Parecia até que não eram da cidade, mas de lugares estranhos, aonde ele, nem no sonho, conseguiria chegar. Guarda, porém, com muita nitidez, a figura do padre Thomaz com sua batina preta, o chapeuzinho também preto, um bigodinho ralo e um livro nas mãos, acabando de fechar os olhos de seu pai, àquela hora ainda semiabertos, mas já não tão negros e brilhantes, embaçados talvez, como se ele, ao morrer, estivesse chorando. Sua mãe, quando o visitou em São Paulo, disse que o padre continuava vivo, já estava com mais de noventa anos, mas cultivava os mesmos e antigos hábitos. Ainda falava mal o português, prometia o fogo eterno aos infiéis e morava por ali mesmo no sobrado, bem junto à pracinha e naquela mesma Santa Marta onde, depois de quase trinta anos, ele se encontra e está recordando tudo isto enquanto o melhor seria esquecer. Mas sua memória daqueles momentos, de uns tempos para cá, ficou oca, e ele tem vontade de perguntar a Rita, se algum dia encontrá-la, como é que se lembra de tudo, se é que se lembra, pois era bem mais nova do que ele quando as coisas aconteceram. Mas tem certeza de que, se realmente a vir, ela evitará prosseguir nestes assuntos; são doloridos demais. E ele também, por sua vez, durante vários anos — até ver que seria impossível —, tentou esquecer aquela morte que, em todo este tempo, dia após dia, ano após ano, continuava impedindo-o, muitas vezes, de dar maiores saltos e de conseguir mais coisas na vida. Pois nada era pior do que conviver com o passado, sobretudo quando este doía, envolvia-o em suas teias e tecia, cada vez mais, fios difíceis de se desfazerem e que iam levando-o, e ele não via saída, a obscuros caminhos, onde só existia o medo. E a solidão.

2

No entanto, ele sabia. Sabia que o assassino de seu pai, Rodrigo Lima, de família grande e poderosa ali em Santa Marta, nunca havia sido processado, muito menos preso, tamanha era a impunidade que vigorava e talvez ainda vigore nesta cidade onde sobrenome e dinheiro sempre falaram mais alto. Nunca foram presos, nem ele nem os que o ajudaram na trama. E eram três os que tiveram participação direta: Lúcio Santos, o mais perigoso deles e, hoje, também homem de muito poder. Um tal Diguinho, que se suicidou meses depois do crime, logo após um jogo de futebol, quando o time de Santa Marta, do qual era o técnico, acabara de conquistar um campeonato regional. Tomou veneno na frente de seus sobrinhos e estes disseram que o tio, enquanto se contorcia, pedia a eles que não o deixassem morrer, e também dizia sobre uma carta que, no entanto, nunca fora encontrada. E o terceiro se chamava, ou se chama, Laércio. Além de outros, menos importantes, que só tiveram participação secundária e ele nem sabia se ainda moravam na cidade. Mas isso já não interessava, eram apenas detalhes, pois o que sabia da história — necessidade antiga e que estava recordando para ver se se tornavam mais leves — lhe fora contado por sua mãe, quando ela esteve visitando-o em São Paulo, para a sua sorte, pouco antes de morrer. E, assim mesmo, porque ele insistiu muito, e em carta escrita com intensa emoção ele chegou a pedir e grifou a frase "pelo amor de Deus", para que ela fosse, pois — e foi assim mesmo que escreveu — estava se esquecendo do formato do seu rosto, da sua voz e de suas mãos, das quais já não conseguia sentir o calor. E, então, ela cedeu. Demorou muito, mas atendeu a seu pedido. E, naqueles dias inesquecíveis para ele, que há quase trinta anos não a via, sua mãe lhe contou muitas coisas assim, naturalmente, como se nunca tivessem se separado e aquela distância toda entre eles não passasse de um detalhe. E era incrível como ela o conhecia. Deixava-o desconcertado, parecia desnudar sua alma com aquele seu jeito simples, os olhos miúdos e já sem brilho. E ela falou muitas coisas. Quase tudo o que hoje, nesta noite quieta e fria, poucas horas após o seu enterro, ele estava recordando. E com uma voz calma, mas enérgica e sem deixar transparecer a emoção, ela revelou também que Rodrigo Lima, o assassino de seu pai, alguns anos depois que o matara e logo após sua volta para Santa Marta, se metera em outros crimes, mas sempre como mandante, pois, não só pela covardia como também pela posição que já ocupava na cidade, não podia mais ter participação direta em mortes ou em outros desmandos tão próprios não só dele, mas também de toda a sua família, que tudo sempre fez para se manter no poder. "O poder, meu filho, sempre o poder", sua mãe ainda lhe disse. Poder este que Rodrigo herdou de seu tio, Rogério Lima, este sim, o verdadeiro responsável pela morte de seu pai. Na época ele já era velho, devia ter quase oitenta, andava em uma cadeira de rodas, e, líder há vários anos, não se conformou quando viu um médico novo, que nem era de Minas, e muito menos da cidade, com possibilidades de derrotá-lo nas eleições, já que as adesões ao seu partido estavam aumentando e até um secretário de Estado — o que demonstrava muito prestígio — ele levara a Santa Marta, que, até então, só havia recebido um ou outro deputado, homens sem maiores projeções e que na Assembleia, com certeza, não tinham influência alguma. E isso irritou muito Rogério Lima, que nunca, nem mesmo na ditadura de Vargas, quando detivera o poder absoluto da cidade e fora ainda mais temido, havia conseguido realizar tal façanha. Então, pressentindo que seria o seu fim político, entrou em ação e chamou Rodrigo, seu sobrinho mais velho, naquela época ainda rapaz, com pouco mais de vinte anos, e muito influenciável. Solteiro quando matou seu pai, Rodrigo Lima agora era casado, e sua mulher, Vanda Miranda, também de família rica, parecia, no entanto, gente de paz, e, no início, sua mãe achava, não havia aprovado a violência do marido. E eles tinham dois filhos: Rogerinho, o mais velho, estava se formando em medicina — um antigo desejo da mãe, que não cansava de elogiá-lo. E o outro, Daltinho, nunca quisera saber de estudar, e morava ali mesmo, em Santa Marta, onde, na maioria das vezes, só arranjava complicações, amparado no poder da família. Diziam que em tudo havia puxado ao pai; este assumira o controle depois da morte de seu tio Rogério, que caíra de uma escada, fraturara o crânio na quina de uma porta e ficara horas agonizando, já que morava sozinho e nunca aceitara ninguém para fazer--lhe companhia. "Pagou todos os seus pecados", sua mãe ainda lhe disse, e, com um meio-sorriso, completou: "Ele mereceu." E contou também que Rodrigo já havia sido prefeito duas vezes. Era ainda dono de três mercearias, tinha vários caminhões e algumas fazendas, além de contatos importantes em Belo Horizonte, onde também possuía uma casa e, segundo diziam, mantinha duas mulheres. E ambas eram de Santa Marta. Isso tudo foi o que sua mãe lhe disse quando, por sua sorte — porque senão só a veria morta —, esteve com ele em São Paulo, pois, até aquela data, ele, que só imaginava, não sabia de nada sobre o assassino, ou os assassinos, de seu pai e muito menos de toda a trama que resultou em sua morte. E mais: a mãe lhe contou ainda que Rodrigo gostava de fumar charutos, tinha a personalidade fraca, problemas de saúde e outros, também sérios, com Daltinho, seu filho caçula. Naqueles dias, sobre os Lima e todos os que os rodeavam, ela lhe fez um relatório completo, muito embora em nenhum momento — para sua decepção —

tenha ao menos insinuado qualquer desejo de vingança, que, se existiu, calou fundo em seu coração e hoje, a sete palmos, acabava de ser enterrado com ela.

Quantos anos tinha? Não. Isso, ele não sabia. Porém, era em Rodrigo Lima que voltava a pensar enquanto, recostado na antiga poltrona, tomava mais um conhaque e fumava, assim como ela devia fazer quando desfiava intermináveis novelos, e a vida, em uma cadência lenta, ia passando, e sua mãe sonhava com o marido, o homem que sempre amou. Também com sua irmã, que nunca mais dera notícias ou, talvez, e por que não?, com ele, o filho que não queria perder e a quem pediu naquela noite fria em São Paulo, enquanto ele tomava um vinho e ela, para sua surpresa — pois, nas cartas, sempre rechaçara as bebidas —, estava tomando um martíni. E lhe disse, mexendo a cereja na taça: "Não volte, meu filho, não volte nunca." Porque temia que, se ele o fizesse — e devia ter suas razões —, alguma coisa de ruim, de muito ruim, poderia acontecer-lhe, e ela não desejava para ele o mesmo fim que tivera o seu pai e alguns outros parentes, que também acabaram assassinados ou loucos, irremediavelmente loucos. Talvez iguais àqueles que, um dia, ele havia conhecido, quando, na companhia de um amigo, Vicentino, fez uma visita a um dos muitos hospícios que existem em São Paulo e que, até então, ele nem podia imaginar como eram, ou que tipo de gente vivia confinada ali. E quando voltou para casa, de tardezinha, após jantar com o amigo, percebeu que um sentimento estranho começava a tomar forma em seu coração.

3

Ainda naquela noite, no restaurante do Terrazzo Itália, referindo-se a Rita, sua irmã, o que antes, nem nas cartas, havia feito, e deixando transparecer uma grande mágoa, dessas guardadas há anos, sua mãe também lhe perguntou: "Você tem notícias?" E quando ele lhe disse que só uma vez, há tempos, havia recebido uma carta onde a irmã comunicava o casamento, ela se levantou bruscamente, torceu as mãos e foi ao banheiro, após tropeçar em uma cadeira e quase jogá-la no chão. Quando voltou, já com outro cigarro aceso, os olhos vermelhos, ela pediu mais um martíni, virou-o de um só trago e disse que já era muito tarde, estava ficando frio e queria ir embora. E então ele chamou o garçom, pagou a conta, deu uma última olhada na vista, São Paulo veio a seus olhos, e entraram no elevador que os levaria até o meio do prédio, onde fariam a baldeação. Este estava lotado de gringos, a maioria alemães, que falavam alto e gesticulavam muito. Todos tinham os olhos azuis, pareciam já estar muito tontos, e um deles, o mais animado, insinuou até um cumprimento. Ao chegarem em casa, sua mãe foi direto para o quarto, nem disse boa noite, e no outro dia, levantou-se bem tarde e demorou-se no banho, como se os assuntos da noite anterior já não existissem. Também para ele várias coisas já podiam estar mortas. Mortas e enterradas, em covas profundas de preferência. E, se conseguisse, talvez fosse um homem mais feliz e não estivesse ali sozinho, no dia do enterro de sua mãe, pensando não só nela, mas também, e por quê?, em Rodrigo Lima, o assassino de seu pai, que não saíra de sua cabeça durante todos esses anos, nos quais, por culpa dele, não pôde voltar à sua terra e nem rever com mais frequência seu único ponto de referência, sua mãe, e que em todas as cartas que trocaram, anos após anos — e foram dezenas —, ela sempre repetia: "Não volte, meu filho, não volte." A imagem de Rodrigo Lima, mesmo não o conhecendo, sempre estivera a seu lado, tão grandes eram a sua fantasia e o desejo de, pelo menos uma vez, ficar frente a frente com ele, o homem que mudara, não só a sua vida, mas a de toda a família, que, depois da morte de seu pai, nunca mais fora a mesma, a não ser em um único e definitivo ponto: a tristeza. Ele, porém, o via em sonhos. Naqueles momentos de intermináveis pesadelos, a figura de seu pai, de quem pouco ou quase nada se lembrava — e isso o deixava apavorado —, sempre associada à de Rodrigo, vinha na sua direção com os braços levantados. Tinha as pernas enormes e a boca aberta. E dela saía, não golfadas de sangue, como no dia de sua morte, mas uma gosma azul que cheirava mal e ameaçava inundar todo o seu apartamento: um quarto-e-sala na Zona Norte de São Paulo, que ele havia comprado pelo BNH, financiamento de vinte anos, e onde o sol só batia uns poucos minutos pela manhã, assim mesmo na área de serviço, que ficava de frente para sua vizinha, dona Zuleika, que também morava sozinha e passava o dia inteiro assistindo à televisão ou olhando um velho álbum, cheio de recordações de sua Polônia, de onde havia saído ainda na época da guerra, depois que teve toda sua família, incluindo tios e primos, massacrada nos campos de concentração. "Todos os Lermman se foram", ela lhe dissera. E também uma outra vez, pouco antes de morrer, subitamente como sua mãe, dona Zuleika o viu tomando sol e, com uma voz fraca, chamou-o até sua casa, onde lhe serviu chá preto com torradas, perguntou-lhe o nome, quis saber sobre sua família e disse que ele tinha um rosto triste. Ainda lhe pediu, na hora de ir embora, que a visitasse mais vezes, "pois o seu tipo", essa foi a expressão, "me traz antigas lembranças". Mas ele não voltou. E também não a viu mais. E só veio saber de sua morte muitos dias depois, quando o porteiro do prédio, um alagoano que se chamava Lourival, por um acaso lhe perguntou, enquanto aparava as unhas com um canivete: "Tu foi no enterro da alemoa?"

4

Porém, os pesadelos, de uns tempos para cá, pararam de atormentá-lo, muito embora a fisionomia de Rodrigo Lima, sempre associada à de seu pai, nunca tenha saído de sua cabeça, que, às vezes, dói tanto que ele tem a sensação de que vai explodir. E é por isso que deseja encontrá-lo, olhar nos seus olhos. Será que terá coragem? E, quem sabe, encarando-o, volte a visualizar, por inteiro, o rosto de seu pai, já que os dois, inevitavelmente, estarão para sempre ligados. E assim ele possa livrar-se de tudo isso e não ficar se punindo como agora, quando está muito só, fumando, tomando conhaque, sentindo a dor no estômago e com a esperança de que a madrugada venha logo e lhe traga um pouco de sono, e ele consiga levantar-se da poltrona, esvaziar a bexiga e ir para seu quarto deitar na sua antiga cama e sentir, como nos outros tempos, já bem recuados, o mesmo cheiro da urina que em quase todas as noites de sua infância ele deixava no colchão, pois o medo era tão intenso que nem conseguia se levantar para ir ao banheiro. O urinol debaixo da cama, naqueles tempos, já era proibido em sua casa, como também que as empregadas comessem com as mãos e outros costumes assim, que sua mãe abominava. Mas as coisas são loucas. Muito loucas. E por causa daqueles sonhos ele chegou até a procurar um médico, doutor Péricles, que era conveniado com o seu sindicato e muito querido pelos colegas do banco, onde ele começara como *boy* e nunca conseguira passar de um simples escriturário. Com ele, tinha certeza, não aconteceria dizerem: "Doutor fulano começou lá embaixo..." Não. Isso não aconteceria. E nem se importava. Pois uma vez, quando quiseram promovê-lo, mudar o tipo de trabalho que fazia há anos, trocá-lo de seção e isso e aquilo, ficou irritado, agradeceu a distinção, disse muito obrigado e causou espanto entre os colegas, sempre se engalfinhando por um degrauzinho a mais, nem que, para tanto, como sempre acontecia, tivessem que pisar na cabeça de alguém. E até seu chefe, que nunca o havia tolerado, veio falar-lhe, ponderar com bonitas palavras, dizer que ele deveria aceitar, que aquela seria a sua chance de ouro e muito mais, uma chateação. Mas tudo com a mesma falsidade de sempre que ele, seu chefe, mesmo se esforçando, nunca conseguira esconder, não só dele, mas de ninguém no banco, onde todos, sempre que tinham chance, se vingavam, dando-lhe umas espetadas, obviamente pelas costas. Mas o médico, depois de pedir vários exames e de fazer-lhe dezenas de perguntas, muitas das quais o deixaram constrangido — pois tocavam fundo na sua intimidade —, ao levá-lo até a porta do consultório e falar à secretária que chamasse o próximo cliente, pôs a mão esquerda em seu ombro, ensaiou um abraço, que ele recusou, e lhe disse, como se fosse para si próprio: "São antigas feridas..." E completou, olhando para o chão: "Todos temos as nossas." Depois daquela consulta e de tudo o que, com muita vergonha, falou ao médico — e que ninguém sabia, e nunca iria saber —, passou a se sentir mais aliviado, assim como se um grande peso houvesse saído de suas costas, não à toa curvadas e sempre doloridas. Voltou a conviver melhor com os colegas de trabalho e, com eles, nos meses seguintes — até que de novo tornou a fechar-se e a sentir-se ainda mais só —, foi várias vezes a Santos, outras a Campos de Jordão (no festival de inverno, onde andou no teleférico, depois de intensa luta consigo mesmo, sempre avesso a qualquer tipo de altura). Foi também a Ubatuba, num feriado, na praia de Perequê-Mirim, aceitando um convite que, todos os anos, seus amigos lhe faziam. Era uma turma grande, animada, e levaram de tudo: comida farta, muita bebida, roupa de cama, uma batucada completa e até mosquiteiros, que não chegaram a usar, já que os pernilongos não puderam atacar porque ventava muito. E foi naquele passeio, apresentado por Marilda — uma amiga do banco, ainda muito nova, mas já avó —, que ele ficou conhecendo Socorro, uma moça do interior do Rio, de Barra Mansa, mas que morava também em São

Paulo. Era telefonista de uma empresa e foi um grande amor — desses que acontecem raras vezes, assim mesmo quando se tem sorte. E só há pouco tempo, por implicância dele, ciúmes sem sentido, insegurança, se separaram. E não há como negar que doeu. Doeu muito e fez com que, naquele período, ele bebesse ainda mais. Mas, ao saber da morte de sua mãe, minutos após receber o telefonema de Santa Marta, lá mesmo na agência, e ao sentir que um abismo enorme se abria dentro de si, foi para Socorro que ele ligou, como se não lhe restasse alternativa. E ela quis vir com ele, estar ao seu lado e ser a sua companheira. Saiu mais cedo do trabalho, foi para a sua casa, ajudou-o a arrumar a mala, acompanhou-o até a rodoviária e ainda dentro do táxi voltou a insistir, a querer que ele a trouxesse. "Não devo satisfações a ninguém", ela disse, e quis também emprestar dinheiro para que ele deixasse o ônibus e fossem, os dois, de avião até Governador Valadares, pois assim chegariam mais rápido e os parentes não ficariam apreensivos, com medo de ele haver desistido. "Iremos juntos", ela sorriu e ali mesmo, dentro do táxi, acariciou-lhe o rosto e tentou beijar a sua boca. E como ele falasse "não", que não adiantava e que aquele era um problema que teria de resolver sozinho, Socorro perdeu a paciência, virou-se para ele, abaixou a voz e disse, já quase chorando: "Você não passa de um egoísta medroso." E o táxi seguia. E o trânsito, como sempre, estava um inferno; pior ainda naquele dia, pois um caminhão cheio de latas de cerveja — e centenas delas estavam espalhadas pelo asfalto

— havia virado em uma das ruas que davam acesso ao terminal Bresser, de onde saem os ônibus para Minas. E, ao chegarem, já bem atrasados — quase na hora do embarque —, ela nem desceu do táxi, não falou mais nada e nem lhe estendeu a mão, só ordenando ao motorista, que fez um sim com a cabeça: "Nós vamos seguir." E daí a instantes, ao entrar no ônibus, carro alto da viação São Geraldo, e ao assentar-se ao lado de uma moça, quase menina, que o olhara de um jeito esquisito, como se lesse a sua alma, ele viu que acabava de perdê-la e depois, se quisesse voltar, talvez já fosse tarde demais. E então afundou-se na poltrona, não teve coragem de olhar da janela e nem quis pensar em nada. Era como se tudo estivesse acabado e a terra, a partir daquele momento, fosse pequena e não passasse de uma bola murcha e cheia de buracos. E hoje, tudo acabado mesmo — pois é provável que para ele não exista mais retorno —, pensa que poderia ter trazido Socorro, que, com certeza, seria seu ponto de apoio, como já havia acontecido antes, quando não lhe negara ajuda e lhe dera o que ele mais precisava: carinho. E se não fosse mesmo um medroso e estivesse com ela ao seu lado, não estaria assim tão triste, só ouvindo o ranger da velha poltrona, o silêncio da noite, e também — e isso era pior — começando a sentir, além de uma terrível dor no estômago, o início de mais uma das tantas crises de depressão que já tivera, que lhe valeram duas internações e começaram naquele dia em que seu pai morrera e o mundo desabara em cima dele, que, agarrado à irmã, tivera vontade de parar o tempo e quebrar todos os relógios do mundo: o de sua casa principalmente, que, naquele dia, como se nada tivesse acontecido, continuava impassível no seu tique-taque, indo e vindo sem nenhuma pressa, parecendo zombar dele, pois, quando voltaram do cemitério — e, de novo, entraram na sala onde, momentos antes, a morte se fizera presente —, ele teve a certeza, a definitiva certeza de que alguma coisa, dali para a frente, começaria a acontecer de pior na sua vida. E não estava enganado. E era tão verdade que daí a alguns dias, com pouco mais de dez anos, foi mandado para São Paulo, onde passaria a viver dos favores de Ruth, uma prima de sua mãe. Sua irmã, pelas mãos de umas missionárias, As Filhas de Maria, que haviam estado em Santa Marta e se penalizado com a situação, foi para um colégio interno no sul de Minas, e de lá acabou fugindo alguns anos depois, com o tal de Eithel, e mudou-se para Santa Catarina, quando, pela última vez, deu notícias, e ele, naquele momento de solidão — horas depois do enterro de sua mãe —, nem tinha como avisá-la da morte, que, àquelas horas, para seu pavor, já era um fato mais que consumado.

5

E aquele homem, recém-chegado à sua terra para o enterro da mãe e também para cicatrizar antigas feridas ou, então, abri-las de vez, tomou o resto do conhaque, que quase já não estava descendo, e prometeu que seria o último, pelo menos enquanto estivesse na casa onde havia nascido. Fumou mais uns cigarros, teve ânsias de vômito e dormiu ali mesmo, recostado na velha poltrona de Maria Lucas, Maria Lucas Lasmar, sua mãe, que acabara de deixá-lo. E naquela noite, entre a realidade, o sonho e a bebida, algumas imagens, muito antigas, voltaram à sua cabeça, que fervilhava. E, entre tantas lembranças, ele, já com quase quarenta anos, os cabelos grisalhos e muitas histórias, viu seu pai caído, os olhos parados e fixos neles: sua mãe, Rita e ele próprio. Ouviu de novo os tiros, os estampidos que ainda ecoam em seu coração, viu sua mãe chorando, com as mãos no rosto, gritando e se arranhando toda, viu sua irmã que fazia o mesmo e também a ele e ao padre Thomaz, o velho espanhol que chegou em seguida, chamado não se sabe por quem, viu sua batina preta, o chapeuzinho também preto, o missal já velho e as velas acesas, viu o enterro, as pessoas, a maioria desconhecida, em fila para os cumprimentos e as coroas de flores; sentiu de novo o cheiro dos cravos, rosas e margaridas do campo e também de outras florezinhas, bem singelas, iguais às que, há poucas horas, voltara a avistar no cemitério, viu seus vizinhos, todos carinhosos com ele, e também aquela velha, dona Virgínia, que nunca saía de casa e, diziam, era feiticeira; sentiu outra vez a sala cheia, o sangue no assoalho e ainda, em um lampejo, viu de novo o caminhão do Leo, sua mala de couro, suas roupas, as calças curtas, que logo deixaria de usar, e, daí a alguns dias, sua mudança para São Paulo; sentiu o medo, a insônia, o amargo na boca e pior, bem pior, o pavor que passou a persegui-lo entrando em sua alma para nunca mais sair; viu ainda não uma, nem duas, mas várias vezes seu pai, o sangue jorrando e os olhos já quase mortos, as lágrimas caindo e a morte, a cara da morte através de Rodrigo Lima, o assassino, cuja imagem, toda ela também desconhecida, se fundia com a de seu pai, o homem que ele matara; Rodrigo Lima, que naquela noite, horas após o enterro de sua mãe, bem perto de sua casa, pois em Santa Marta todos são vizinhos, também não conseguia dormir, virava-se na cama e havia tomado dois calmantes, porque, como todos na cidade, já sabia da chegada dele e, por uma sensação estranha, mais parecida com o medo, ele, o assassino, pensava em Juko Lucena, o homem que matara e a sombra que, às vezes, como naquela hora, ameaçava invadir sua casa, sua mente, seu coração, e fazia-o temer por uma coisa indefinida, mas pavorosa, que nem mesmo ele conseguia saber o que era, apesar de senti-la.

6

Quando o homem acordou, no seu segundo dia em Santa Marta e o quarto após a morte de sua mãe, Maria Lucas, fulminada por um ataque cardíaco, já eram por volta das onze horas, fazia um calor intenso, e a primeira coisa de que se lembrou ao abrir os olhos, que teimavam em permanecer cerrados, foi de acender logo um cigarro, cujo maço estava ao seu lado, em cima de uma banqueta, que era sua conhecida. Mas a cabeça doía tanto, o estômago dava pontadas e a ressaca era tão grande que ele deu uma só tragada, uma profunda tragada, e jogou o cigarro longe, sem ao menos se preocupar em apagá-lo. Sentia a boca seca. Dormira mal, ali mesmo na poltrona, e perguntou-se por que não havia ido para o seu quarto, onde, talvez, se sentisse melhor. Poderia ter espichado as pernas, além de reviver a sensação, após tantos anos, de dormir na antiga cama onde até os lençóis pareciam ser os mesmos. "Ainda terão o cheiro da urina?", pensou. Em seguida, depois de esfregar os olhos, tentou se levantar, mas, ao ficar em pé, mesmo se firmando na parede, sentiu uma vertigem forte, teve a sensação de que ia desmaiar, pois tudo estava girando à sua volta e um grande círculo — como se estivesse em um daqueles brinquedos de parque — já estava se formando ao seu redor e a sala e tudo o que ela continha, mesa, algumas louças e as janelas, começaram a rodar, deixando-o completamente tonto. Então assentou-se de novo. Mas nesse momento, de um só jato, um vômito azedo saltava de sua garganta, sem que nada pudesse fazer, e sujava o velho tapete da sala, ainda dos tempos de seu pai, e também as barras da calça *jeans,* que já usava há mais de uma semana e havia sido, ele se lembrou, um presente que Socorro lhe dera no seu último aniversário. "Também, pudera", disse a si mesmo, "tomei mais de um litro de conhaque." E ao olhar para o resto da bebida num copo ao seu lado, não resistiu à promessa que fizera e bebeu mais. Um pequeno trago, era verdade, mas voltou a vomitar o líquido verde e muito amargo. E era bom que fosse assim, pois, quando não houvesse mais nada e só lhe restasse no estômago, além da queimação, a sensação do vazio, certamente começaria a melhorar. Era horrível viver aquilo. E ali mesmo, solenemente, de novo prometeu parar de beber. "Pelo menos enquanto estiver aqui, nesta merda de lugar." E lhe vieram, mais uma vez, as palavras de sua mãe, que, mesmo há tantos anos sem vê-lo, parecia conhecê-lo como ninguém: "Você não suporta bebida, meu filho." Isso foi naquela noite em São Paulo, enquanto ele pedia outra garrafa de vinho (nos dias da inesquecível visita) e ela, fumando sem parar, parecia, através das palavras, dos gestos, da maneira como o olhava e das histórias que lhe contava, querer recuperar todos os anos em que estiveram separados. E ele fechou os olhos. Pensou de novo no conhaque, mas resistiu e disse não à vontade de beber mais, tentando conseguir um ponto de equilíbrio que lhe permitisse ficar lúcido, ou ter essa tão desejada sensação, já que ali, naquela situação, ele não poderia fraquejar como já acontecera duas vezes quando, não só por causa da bebida, ele havia sido internado. E, não se envergonhava em admitir, fora uma péssima experiência, já que ficara quase dois meses, da primeira vez, em uma clínica especializada em tratamento de alcoólatras em Franco da Rocha, nos arredores de São Paulo. "Comendo", como um interno lhe dissera, "o pão que o diabo amassou com o rabo." E, pensando no que se passou naqueles dias, quando teve de tomar todos aqueles remédios e de aguentar desaforos de atendentes e médicos, já que ficara na enfermaria, pelo INPS, pois a sua associação cobria muito pouco das despesas, ele se lembrou também — e sempre o fazia em horas assim — do Douglas, o Ceará, seu antigo colega de banco, que, também como ele, já havia sido internado, só que várias e várias vezes, e, ao contrário dele, não conseguia parar se tomasse o primeiro copo; podia ser só um chope, mas era o suficiente para ele beber dois, três meses seguidos, até que não tivesse outra saída e, novamente — de vez em quando ele mesmo pedia —, o levassem para a clínica, a Redenção, também em Franco da Rocha, e todo aquele ciclo voltasse a acontecer. E um dia, quando foi visitá-lo, Douglas lhe disse, já delirando, que era detetive da Tóxicos e que estava ali, disfarçado de louco, atrás de uns traficantes, "gente da pesada". E completou: "Os próprios médicos, ou os enfermeiros, talvez." Isso o Ceará lhe disse, enquanto cuspia no vaso sanitário os comprimidos que havia escondido debaixo da língua, parando "a própria salivação", segundo ele, para que não dissolvessem. Tudo ao contrário dele, que, para ser liberado logo e poder sair daquele inferno, tomava o que os médicos mandavam. Douglas cuspia os comprimidos — e se vangloriava disso — só porque eles, além de darem sono, faziam com que sua urina ficasse vermelha, da cor de sangue e com um cheiro forte, parecido com o de amônia, o que lhe causava náuseas e muita vontade de vomitar. "E isso eu não aceito", ele afirmava. "Além do mais, mano mineiro, eu não sou louco e, sim, um policial." E ele, mesmo não gostando de se lembrar do período em que também esteve na clínica, pois tudo havia sido muito traumático, tinha muita afeição pelo Ceará e conhecia de perto os seus problemas, ditos e repetidos tantas vezes em incontáveis noites de bebedeiras. E o ajudava, quando terminava o tratamento, a readaptar-se à rotina do banco, aos balancetes que, às vezes, varavam noite adentro, às reclamações dos correntistas e, quase sempre, à indiferença dos próprios colegas, quando o Douglas voltava e reassumia suas funções, todas as vezes com renovadas ameaças de ser despedido por justa causa se tornasse a beber e, de novo, tivessem que interná-lo. "Ainda bem", o Ceará sempre dizia, "que a minha família nunca ficou sabendo."

7

E o homem, um dia após o enterro de sua mãe, surpreendia-se pensando naquele colega, um bom amigo que tinha. Ele também, tão cheio de problemas. Mas alegre, prestativo, sempre com uma piada nova e pronto para ajudar a quem precisasse. Arrimo de família. Que, como a de seu pai, ficara no Norte. E alguns colegas se aproveitavam, pediam dinheiro emprestado e às vezes não pagavam. O Douglas, que parecia não ligar, ia ficando cada dia mais pobre. A metade de seu salário, assim que recebia, ia direto para sua mãe, a qual não via há anos. "Mora em Pio IX, no Piauí", ele dizia, e completava, com um meio-sorriso, muito próprio dele: "É onde o Judas perdeu a meia", e emendava, no mesmo tom: "pois a bota ele já tinha perdido antes." Então, com esforço, o homem tentou novamente levantar-se, ergueu o corpo, e ia conseguindo quando voltou a tontura e ele teve de se apoiar na mesa, a mesma mesa onde seu pai, baleado, tentou se amparar até cair ao chão, soltando golfadas de sangue e vendo que a morte, com todas as suas cores, havia chegado e que seria impossível, inglório até, tentar lutar contra ela. E ele quis — como já fizera outras vezes — lembrar-se com mais nitidez, com mais clareza, de como era o rosto de seu pai. O mesmo pai que sempre lhe aparecia nos sonhos. Ou às vezes no meio da noite, quando acordava e costumava, entre névoas, visualizá-lo ao seu lado na cama ou refletido nas paredes do quarto, onde se confundia com as sombras, formava estranhos desenhos e, não raras vezes, imagens monstruosas, distorcidas, como as dos filmes de terror aos quais, de vez em quando, assistia e o deixavam, quase sempre, apavorado e de novo só, em companhia da insônia. Como seria o seu rosto? Tentou se lembrar. Mas foi inútil. E, respirando fundo, passou as mãos na barriga, antigo costume que tinha quando ficava nervoso ou muito angustiado. Piscou com força e sentiu uma grande vontade de ir ao banheiro, onde umas fezes ralas sujaram as bordas do vaso, e, mais uma vez, sem aguentar o seu próprio cheiro, ele voltou a vomitar, a expelir mais bílis e a ter medo de desmaiar, o que já havia acontecido em situações semelhantes. Daí a alguns minutos sentiu-se melhor, pois teve a ideia de se deitar no cimento. Mais animado — embora a barriga continuasse a doer —, abriu a torneira, entrou debaixo do chuveiro e deixou que a água caísse à vontade sobre o seu corpo. E a quis na cabeça, na nuca, nas costas e, sobretudo, na testa, onde sentia mais alívio, e sempre que, em São

Paulo, ia a alguma cachoeira, pelos lados da Serra do Mar, era na testa, principalmente na testa, que gostava de sentir a água. Não à toa — uma vez lhe disseram —, pois seu signo era Escorpião. "Da água e do fogo", a pessoa falou. E ficou muito tempo ali, debaixo daquela ducha, até que, sentindo-se melhor, mais fortalecido, se enrolou na toalha e, ainda indisposto, pensou que talvez um café forte e sem açúcar poderia lhe fazer bem. E foi para a cozinha. E decidiu que depois do café começaria a olhar as coisas deixadas por sua mãe e que não deveriam ser muitas, pois, pelo que já notara, ela vivia com simplicidade — para não dizer na pobreza. "Talvez eu encontre uns papéis ou umas fotos", também pensou, e começou a ficar ansioso; quem sabe ali, em algumas daquelas gavetas, ele visse de novo, só que concretamente, o rosto de seu pai. O tão sonhado rosto que, anos após anos, ele buscara nos seus sonhos, nos homens que vira nas ruas, nos bares ou até mesmo nas capas de revistas e filmes. Mas, para sua surpresa, ao chegar à cozinha, Maria Tereza, sua prima, já estava lá, pois ele — só então se deu conta —, na noite passada, de tão bêbado e triste, se esquecera de fechar a porta. Envergonhado e sem conseguir esconder o nervosismo que sempre o assaltava em situações assim e desculpando-se por estar enrolado em uma toalha, foi depressa para o quarto e vestiu-se ainda molhado. Quando saiu, Maria Tereza, com uma expressão tranquila, já estava na sala, e, admirada, perguntou que sujeira era aquela e se ele havia passado mal. "Deve ter sido o cansaço", ela disse, e ele lhe respondeu que não, tinha mesmo era exagerado na bebida e também nos cigarros, além de não haver comido desde que chegara, mesmo tendo comprado algumas coisas. "Tive uma péssima noite", ele completou, passou as mãos na cabeça e pediu desculpas mais uma vez. E foi para a cozinha, pensando em colocar água para ferver, mas Maria Tereza já havia coado o café e também buscara no terreiro um balde e um rodo, disposta a limpar toda a sujeira da sala, "porque isto não pode ficar assim". Porém, só pôde assistir, de braços cruzados, a seu primo remover o próprio vômito, "pois não vou permitir que você faça isso". E também recolheu os tocos de cigarros, varreu as cinzas e aproveitou, já que havia começado, para passar pano molhado em toda a sala, retirar um pouco da poeira e colocar todo o lixo, inclusive o litro vazio de conhaque, dentro de uma caixa de papelão que Maria Tereza havia conseguido e na qual, para sua surpresa e espanto — seria ainda do tempo de seu pai? —, estava escrito Biotônico Fontoura. "Só falta agora eu encontrar o *Almanaque do Jeca Tatu*", pensou, e, daí a pouco, assistiu a Maria Tereza acabar de varrer o resto da casa sem que adiantassem os seus protestos, inúteis naquele momento. A casa não era grande: apenas dois quartos, fora o dos fundos, a pequena sala, onde ele havia passado a noite, o banheiro e a cozinha, que dava para o terreiro e no qual ainda existia, só que bem mais encopada, mas não menos bonita, a pitangueira de sua infância, onde ele e Rita, sua irmã, costumavam passar horas vendo a multidão de abelhas que, às vezes, invadiam todo o espaço ao redor e chegavam até, para o desespero de sua mãe, a tomar de assalto todas as dependências da casa. Mas era um espetáculo bonito, único: centenas delas, milhares às vezes, se revezando naquela faina que ele e a sua irmã não cansavam de admirar. E pensava nas abelhas dos seus já longínquos sete ou oito anos quando Maria Tereza, pedindo-lhe licença, quis abrir as janelas da casa para entrar um pouco de ar. E ele — de uma maneira brusca que a assustou — lhe disse: "Não, deixe-as fechadas." No mesmo instante, percebendo que havia sido áspero, pediu desculpas e, sem saber o que fazer, ofereceu-lhe o que tinha nas mãos: uns dropes dos que havia comprado no bar e sempre ajudavam a melhorar o hálito, além de provocar aquele friozinho gostoso, que acabava inundando toda a boca. E, querendo ser ainda mais gentil, convidou-a para almoçar com ele, no que se atrapalhou em seguida, após ir à despensa e ver que — a não ser pelo pão sovado e as salsichas que havia comprado — nada existia nas latas além de um resto de feijão-preto, imprestável, pedaços de bolo ressecados, um punhado de açúcar e o café. Maria Tereza, notando a sua falta de graça, lhe disse, com os olhos no chão e uma certa angústia que não passou despercebida: "Nos últimos tempos, tia Maria lutava com muitas dificuldades." E ele, quase em voz alta, pensou: "Meu Deus, eu nunca mandei nada para ela." E, calçando os sapatos, quis sair para comprar algumas coisas com as quais pudesse fazer uma refeição. Porém Maria Tereza, adiantando-se, disse: "Pode deixar que eu vou, pois sei onde é mais barato." "Desculpa tola", ele pensou, e, mais uma vez, ficou calado. Cedendo, deu a ela o dinheiro — que a princípio ela não quis aceitar —, levou-a até a porta e, após fechá-la, voltou para a sala, assentou-se na poltrona, acendeu mais um cigarro e ficou assim, fumando. Fumando e pensando na sua vida em São Paulo, que já parecia tão distante, no Douglas, seu colega de banco, em Socorro, que ele havia perdido. E também em dona Zuleika, sua vizinha, e sua família, toda ela morta nos campos de concentração nazistas, e em tantas outras coisas, que, talvez para esquecê-las, num impulso, pegou a garrafa, quase encheu o copo e olhou o conhaque através de uma fresta: este brilhou. Levou-o à boca sem pestanejar, virou tudo de uma vez e assim, já meio tonto, Maria Tereza o encontrou, ao voltar.

8

E foi depois do almoço, após tomarem um café, que Maria Tereza, nervosa e roendo as unhas, começou a falar "você é meu primo" e, sem rodeios e daí em diante, até o fim da tarde, quando foi embora, ela repetiu — chegando até a deixá-lo irritado — tudo o que ele soube por sua mãe, quando da visita que esta lhe fez. E Tereza discorreu — mas em nenhum momento ele demonstrou já ter conhecimento — sobre o poder que Rodrigo Lima detinha em Santa Marta, onde todos o temiam e sabiam suas histórias e de sua família, que vivia ali cercando todas as terras, desde os tempos antigos, quando a cidade não passava de um arraial. Um simples ponto de tropas que teimava em sobreviver às margens do rio Suaçuí, onde se situavam — e grande parte era deles — as melhores terras da região. "Mas, no fundo, seu Rodrigo é um covarde", ela disse também. E falou ainda de seus dois filhos, já adultos, parecidos com ele e herdeiros da mesma violência, que devia estar no sangue. "Mas Daltinho é o pior." Já Rogerinho, que também não era boa bisca, morava em Belo Horizonte, onde estudava medicina e, de uma maneira ou de outra, convivia com pessoas diferentes, que, querendo ele ou não, lhe passavam outros valores e formas de ver o mundo. Contou ainda, na mesma cadência, casos de sua mãe, Maria Lucas; dos irmãos de Rodrigo: Antônio, Luís e Juca Lima; dos vários primos, alguns tios, dos cunhados e das irmãs, não deixando ninguém fora daquela cantilena, a mesma que, em São Paulo, ele já havia escutado. E falou também dos empregados, gente perigosa e que, se precisasse, não hesitaria em matar. "Bruninho é um deles." E ele não ficou surpreso e nem disse à prima que o havia encontrado no bar, pois, desde que o vira, quis cumprimentá-lo e ele abaixara a cabeça, já imaginava isso. De outra forma não se justificaria a sua atitude e a maneira hostil como depois o encarou e, fingindo não o reconhecer, continuou tomando a sua cerveja. E ouviu ainda, já cansado e entre um e outro cigarro, Tereza falar não só do risco que ele corria, mas também de sua volta, sobre a qual todos em Santa Marta, especialmente os mais velhos, sabedores da história, já estavam comentando, "pois aqui as pessoas não têm o que fazer". E disse também, abaixando a voz, que Rodrigo Lima, naquela manhã, contrariando seu costume, não havia ido a uma de suas fazendas, a Maravilha, que ficava bem próxima à cidade e onde ele fazia caminhadas diárias pois tinha engordado muito e o médico, doutor Ovídio, lhe recomendara exercícios. E também não havia passado nas mercearias e nem olhado os caminhões de carvão ou esperado a chegada do leite, que ele próprio gostava de levar à cooperativa, de onde era o maior fornecedor e se encontrava, todos os dias, com seus companheiros de partido, fazendeiros que, a maioria por conveniência ou até mesmo por medo, se aliavam a ele e eram a sua base de sustentação política. E mais: naquela manhã, ele não havia saído nem para ir ao terreiro onde ficava o jardim "pois, por incrível que possa parecer", e Maria Tereza sorriu, "ele gosta muito de begônias e orquídeas, que manda buscar em Itabira ou onde souber que existam as mais raras". E, o que era pior — e ela sabia disso porque uma amiga sua, Marinete, trabalhava na casa deles —, Rodrigo Lima e sua mulher, dona Vanda, ficaram horas trancados no escritório, só fazendo ligações. A maioria interurbanas. E uma delas tinha sido para Lúcio Santos, "que, mesmo não morando aqui, é o seu braço direito, e, você deve saber, o ajudou a matar seu pai". E disse que ele estava morando em Coronel Fabriciano ou Ipatinga, ela não tinha muita certeza, "mas é em uma daquelas cidades do Vale do Aço, lá pelos lados de Valadares". E, finalmente, Maria Tereza, mais nervosa ainda, e para alívio dele, que já não estava aguentando tanta conversa apesar de aparentar uma calma e paciência invejáveis, finalizou assim: "Primo, é para o seu bem: vá embora."

9

E aquele homem que não havia dito uma só palavra, mas apenas escutara sua prima, esperou que ela saísse quando, de volta à sala, acendeu mais um cigarro, tomou mais duas xícaras de café, assentou-se na poltrona e pensou em cochilar um pouco para, em seguida, pois já não era sem tempo, começar o que julgava inevitável e a razão pela qual não havia ainda ido embora: olhar, mas estava com medo, as velhas coisas de sua mãe, pois não podia voltar a São Paulo sem antes examinar aquelas gavetas onde o mofo, as traças e também as baratas, com certeza, já se haviam instalado. E com os olhos fechados, e ainda de ressaca, foi voltando-lhe à cabeça, a princípio devagar, o dia em que ele (não devia ter mais que oito anos) presenciara quando seu pai, após olhar ao redor para ver se não havia ninguém — e sem notar que ele estava lá, bem próximo —, abriu a arca de madeira que, sempre fechada, ficava no quarto onde ele e Rita, sua irmã, quase nunca tinham permissão para entrar, o que os deixava muito intrigados. E, depois de olhar mais uma vez — certificando-se de que estava mesmo sozinho —, seu pai tirou de dentro dela, bem do fundo, uma arma longa, muito brilhante e que encheu seus olhos de menino, àquela hora espremido entre o guarda-roupa e a parede, com medo de ser descoberto, o que, com certeza, lhe custaria uma boa surra, das muitas que já havia tomado e que lhe deixaram, algumas vezes, várias marcas no corpo. E seu pai ficou com a arma junto ao rosto, mirando, assim como se fosse dono de um segredo, de um tesouro só seu e que não quisesse dividir com ninguém. Em seguida, assentando-se na cama, colocou o cano da arma no queixo, levantou o rosto e, com os olhos fechados e uma das mãos abaixadas, quase roçando o gatilho, ficou ainda por pouco tempo, segundos talvez, mas que, aos olhos do menino apavorado, pareceu eterno. Daí a pouco, como se acordasse de repente, ele abriu assustado os olhos, levantou-se depressa, benzeu-se de uma maneira nervosa e começou a limpar a arma com a mesma flanela onde estivera enrolada. E, como se cumprisse um ritual, após passar e repassar várias vezes a flanela, colocou a carabina não de volta à arca, mas dentro de uma caixa de papelão que tirou de sob a cama onde já deveria estar há muito tempo, e da qual saiu, sendo morta por ele, que a amassou com a ponta do sapato, uma barata gorda e muito vermelha, dessas que as pessoas, mesmo não querendo, acabam sentindo nojo ou repulsa. E após limpar a caixa, ele se levantou devagar e ainda chutou a barata, que teimava em mostrar um resto de vida, movimentando as antenas e mexendo com as patinhas. E seu pai subiu em uma cadeira, suspirou fundo e — o menino parecia não acreditar — afastou uma das tábuas do teto, bem em cima do guarda-roupa, e escondeu a arma ali, recolocando a tábua no lugar, como se nada tivesse acontecido. Depois, trancou de novo a arca, tornou a olhar em redor, ajeitou suas roupas e saiu. E seu filho, com medo de ser visto, correu para o terreiro, onde o pai o encontrou, fingindo que brincava na areia, mas com todos os sentidos voltados para a cena que acabara de presenciar. Na areia, ele costumava construir estradas e se imaginava, brincando sempre sozinho, um caminhoneiro como Leo, usando óculos escuros, dirigindo um Chevrolet e com quem, algum tempo depois — logo após toda a tragédia — iria para Belo Horizonte e, de lá, para São Paulo, onde passaria a viver com Ruth, a prima de sua mãe e uma das pessoas mais sensíveis que ele já conhecera e que deixaria na sua lembrança muito do que guarda de melhor. E tanto tempo depois, já mortos seu pai e sua mãe, e Rita, sua irmã, vivendo no Sul, aquele homem que se recorda tão bem desta história da arma não consegue — por mais que se esforce, e esta é uma luta cotidiana que trava consigo mesmo — enxergar o rosto de seu pai, mesmo lembrando-se de tantas cenas, de várias situações e de momentos em que os dois, por viverem na mesma casa e serem do mesmo sangue, estiveram tão próximos. "Como pode ser?" E o menino, já um homem, vai se levantando devagar da poltrona; a princípio vacilante; chega a sentir eriçarem-lhe os pelos do corpo, e se encaminha sem pressa para aquele quarto, onde não havia ainda pisado desde a sua chegada, no dia anterior. Sente o coração disparado. As batidas são ritmadas e fortes. A respiração está presa, tensa. E, embora estivesse ali há menos de um dia, para ele já pareciam meses, envolvido em tantas lembranças sobre as quais não conseguia ter o menor controle. Suas mãos tremem, o coração aumenta as batidas, e ele teme, e é forte a sensação, estar sendo observado quando sobe na cadeira, a mesma daquele dia, e tenta afastar a tábua, que a princípio resiste, mas cede em seguida, apodrecida pela voracidade dos cupins. E, com a sensação de estar fazendo uma coisa errada, muito errada, começa a tatear o sótão, na expectativa de reencontrar aquela caixa, há tanto tempo guardada, mas da qual se lembra muito bem. Pensa também na barata, no movimento de suas patinhas e no nojo que sentira. Recorda-se de como saíra correndo com medo de ser descoberto e fora brincar na areia. E teme, ainda, ser picado por alguma cobra ou mesmo escorpião, tão comuns naqueles lugares. Sente o coração disparado e o braço já está todo ali, dentro do buraco, quando, de repente, tomado por um sentimento estranho, misto de medo e alegria, sua mão finalmente toca no que pode ser o que procura: aquela arma que, tantas vezes, povoara a sua imaginação. E daí a pouco, quando, sem muito esforço, mas suando frio, consegue tirar a caixa e recoloca a tábua no lugar, ao ver que a arma está ali, intacta e enrolada na mesma flanela vermelha, ele assenta-se na cama. Um arrepio percorre-lhe todo o corpo, e suas mãos, sem que se dê conta, começam a roçar o gatilho, e uma espécie de vontade secreta de acabar com tudo, como de outras vezes já havia sentido, vai de novo tomando forma, e então ele, como fizera seu pai, também se assusta, e, mesmo sendo meio incrédulo, se benze. E seus olhos, cheios de lágrimas, adquirem o mesmo brilho de quando, criança ainda, havia testemunhado aquela cena que, e era forte esta sensação, parecia estar se repetindo, e seu pai, por inteiro, estivesse ali, naquele quarto, censurando-o pelo que acabava de fazer.

10

Já escurecia quando Lúcio Santos, após falar duas vezes por telefone com Rodrigo Lima e recomendar a ele muita calma, acabava de dar as últimas instruções para Valdeir, o gerente de sua concessionária, no centro de Ipatinga, onde também era dono de duas sorveterias e uma oficina mecânica. O telefone, que não parava, tocou mais uma vez. E Vera, sua secretária, o chamou e disse que a ligação estava péssima. Do outro lado da linha, dona Vanda, mulher de Rodrigo Lima, disse que seu marido, muito preocupado, lhe pedia que não chegasse direto à cidade, mas que o esperasse de madrugada perto da fazenda, a Maravilha, que ele iria buscá-lo ou, dependendo das circunstâncias, pediria a Bruninho e a mais dois homens que o fizessem. E dona Vanda, depois de falar mais algumas coisas, finalizou, parecendo mais tranquila: "O homem ainda não saiu de casa." E Lúcio Santos se despediu dela, mais uma vez recomendou calma e, depois de dizer "até logo" a Valdeir e a Vera e de receber o carro, uma Custom já abastecida, ele mesmo pegou o telefone, ligou para Nivaldo e Rui e disse a eles que, no máximo em duas horas, passaria pelo centro para apanhá-los e "por favor", que não se atrasassem. E foi para sua casa, situada num condomínio fechado a uns dois quilômetros dali e onde sua mulher, com o jantar pronto, o esperava, já que, mais à noitinha, tinham um compromisso ao qual não deveriam faltar, pois seria a última reunião para a escolha do novo presidente do clube e Lúcio era um dos mais cotados para o cargo. E ele, que sempre gostou de um bom prato, mesmo nos tempos das vacas magras, comeu sem pressa, saboreando cada garfada. Sua mulher fizera um frango ensopado com muita pimenta, bem do jeito que ele gostava, apesar de que, nos últimos meses, seu estômago já estivesse reclamando. Também tomou dois cálices de vinho, pois não bebia mais cachaça, vício do qual, só a duras penas, havia conseguido livrar-se. Sua próxima conquista seria deixar também o cigarro, pois seu pulmão merecia este presente. Serviu refrigerantes para as filhas, Alice e Sheilinha, e disse à sua mulher — ela já estava se aprontando — que não iriam mais à reunião, pois ele tinha uma viagem a fazer e talvez ficasse uns dias fora. "Não muitos, querida." Mas que ela podia ficar tranquila e, se precisasse de alguma coisa, era só pegar com o Valdeir ou ligar, que ele providenciaria, evitando, assim, o trabalho de sair de casa e deixar as meninas só com as empregadas. E sua mulher, com a qual já estava casado há mais de dez anos e era bem mais nova do que ele — com idade até para ser sua filha —, sentiu o coração apertado, não disse uma palavra, pois não adiantaria mesmo, e, enquanto tirava o vestido, desmanchava a maquiagem e ia para o quarto arranjar a mala do marido, pensava que as coisas bem que poderiam ser diferentes, Lúcio ser mais companheiro, deixá-la participar de sua vida, falar com ela dos seus negócios e sobre as pessoas que o rodeavam e com as quais não tinha mais que curtos e formais encontros. Ela gostaria de saber, por exemplo, quem eram aqueles dois homens, Nivaldo e Rui, que sempre apareciam na sua casa, se trancavam no escritório com Lúcio, não lhe dirigiam nunca a palavra, mas a olhavam de um jeito estranho, como se a estivessem desnudando ou coisa pior, que deixavam no ar um não sabia o quê de perigo. Mas era certo que seria muito difícil, impossível até, conseguir mudar o marido, o homem mais silencioso que já conhecera e que estava indo a mais uma viagem, das tantas que fizera, e ela nem sabia para onde e nem por quê. E quantas vezes, com sua intuição de mulher, teve medo de que algum mal lhe acontecesse, já que sobre ele, embora ela não acreditasse, diziam-se coisas horríveis, de arrepiar os cabelos. E seu coração apertou-se ainda mais quando o marido a abraçou (sempre fora muito carinhoso com ela e com as meninas), disse que ficaria fora no máximo uns cinco dias e pediu-lhe que cuidasse bem das crianças, enquanto a Custom, devagar, foi deixando a garagem e ela, olhando mais uma vez para o carro que se afastava, voltou para dentro de casa, abriu a geladeira, tomou quase um litro de Coca-Cola e fechou todas as portas e janelas, enquanto Lúcio, na hora combinada, chegou ao centro da cidade, onde seus dois homens,

Nivaldo e Rui, já com as sacolas prontas, estavam esperando. O calor era intenso. E, após o cumprimentarem e se certificarem — o que nem era preciso — se ele havia trazido as armas, os três começaram a viagem para se encontrarem em Santa Marta não só com Rodrigo Lima, mas, sobretudo, com o homem, o filho daquele médico que, há quase trinta anos, Lúcio Santos ajudara a matar e no qual, às vezes, também costumava pensar. Embora essas lembranças, estranhamente, só voltassem nos dias de chuva, de muita chuva, e, assim mesmo — como se as águas as lavassem —, diluídas, sem nenhum remorso, pois, além de já ter-se passado tanto tempo, ele próprio não havia atirado. Apenas participara no planejamento e na cobertura da fuga, enquanto Rodrigo executara as ordens, que, por sinal, não foram bem cumpridas, já que não era (o que repercutiu muito mal) para acertar o homem pelas costas. E isso acabou irritando demais o chefe, Rogério Lima, que, dias antes, ao selar a sorte de Juko Lucena, encerrara a reunião com a seguinte frase, que acabou ficando famosa — e, até hoje, e muitos nem sabem da história, é repetida em Santa Marta: "Não vamos deixar este paraíba de merda mandar aqui." O chefe, em seguida, após oferecer um licor, servido em taças de cristal, disse a Rodrigo que, depois de feito o "serviço", ele gostaria, fazia mesmo questão, de receber as cápsulas vazias, "só pra guardar de lembrança".

11

Já era noite fechada. A segunda, desde a volta daquele homem. E ele, que tencionava não ficar mais de um ou dois dias em Santa Marta, ainda não havia decidido o que fazer, e isso o estava atormentando: iria ou não embora sem olhar as coisas de sua mãe? Lúcio Santos tinha chegado, mas ele não sabia. E com ele vieram os dois homens, Nivaldo e Rui, dos quais nunca ouvira falar e nem fazia ideia do que eram capazes. Já estavam na fazenda Maravilha, onde Lúcio Santos, bem tranquilo e fumando um charuto, conversava com Rodrigo Lima e lhe garantia que os seus amigos, de toda confiança, eram os melhores, pois "como você sabe, nunca gostei de amadores". E Rodrigo sorriu e pensou: "Este, sim, é o velho Lúcio." E, entre um cafezinho e outro, um traguinho e outro e tantos planos e conversas, o sono finalmente chegou, e eles acabaram decidindo que, se o moço não fosse embora logo, "no máximo até a próxima semana", o melhor, então, seria matá-lo e acabar de vez com a raça que, de resto — e Rodrigo voltou a sorrir —, "já quase não circula mais".

12

Enquanto isso, o homem, após descobrir a arma, não fez outra coisa senão ficar assentado na poltrona com ela ao seu lado, acariciando-a, sentindo o frio do metal e, às vezes, como fizera seu pai, deixando os dedos roçarem levemente o gatilho e sua cabeça divagar em total liberdade. E iam longe seus pensamentos. E também fumava. Fumava devagar, saboreando cada tragada e olhando a fumaça que, em pequenos círculos formados em sua boca, ia, aos poucos, se dissolvendo no ar parado daquela casa. Parado e úmido. E tentava, também, com a ajuda do conhaque, passar a limpo sua vida, embora soubesse que seria difícil, pois existiam coisas, tantas coisas que ele não conseguia entender e que continuavam a formar — à medida que o tempo passava — mais e mais labirintos, dos quais as saídas, a cada dia, se tornavam menos possíveis. E ele sabia disso. Entre outras divagações, se perguntava, sempre insistindo nisso, por que não enxergava com nitidez o rosto do seu pai. Se se lembrava de situações, de momentos em que estiveram juntos e até — estaria ficando louco? — já chegara a ouvir a sua voz. E era uma voz cantada, suave, de sonoridade bonita, bem igual às tantas que, em São Paulo, ele ouvira das bocas de centenas de nordestinos que, como seu pai, tinham vindo "fazer o sul". E, às vezes, até mesmo sentia sua presença, como naquela noite em que acordou com sede e o viu, ou julgou vê-lo, ao seu lado, assentado na cama e com os braços e as pernas cruzados, como num exercício de ioga que várias vezes ele havia feito quando, no banco, foram obrigados a, duas vezes por semana, praticar técnicas de relaxamento. E o rosto de seu pai brilhava. E era tanto brilho e uma visão tão deslumbrante que ele não conseguira encará-lo, e até hoje se arrepende amargamente. Essa experiência continuava a ser, para ele — e, à medida que o tempo passava ia ganhando mais força —, uma coisa extraordinária, uma dádiva até, da qual jamais iria se esquecer. Ainda não comera desde o almoço, depois da conversa com Maria Tereza e dos conhaques que havia tomado e, mesmo dizendo não, continuava tomando. E perguntou a si próprio, embora soubesse que seria muito difícil, quase impossível, obter a resposta: "Quantas doses já terei bebido nestes anos todos?" Também não voltara ao seu quarto e nem ao menos tinha começado a olhar as coisas de sua mãe, e isso o incomodava, mexia com seus nervos, porque sabia que, em breve, estaria dormindo. Embora não soubesse, na realidade, do perigo que corria com a chegada de

Lúcio Santos, não podia deixar de pensar, por mais que tentasse, em Juko Lucena, seu pai. E acendeu mais um cigarro, serviu-se de mais café, de outro conhaque, ajeitou-se melhor na poltrona e, com os olhos fechados, entregou-se a antigas lembranças, que, como uma canção suave, às vezes assaltavam seu coração.

13

Naquele dia, ele não estava bem: amanheceu espirrando, com o corpo doendo e sem ânimo para ir às aulas ou fazer qualquer coisa a não ser ficar na cama, entregue à sonolência e a um torpor que, independentemente de sua vontade, fazia com que sua mente vagasse. Mas sua mãe, depois de ter-lhe dado um comprimido e de tê-lo feito tomar um copo de leite com casca de limão, disse que aquilo não era nada e ele não podia, por causa de um simples resfriado, gripinha à toa, deixar de ir à escola, ainda mais que estava chegando o fim do ano e ela queria vê-lo passar com boas notas. Então ele arranjou seus cadernos, vestiu o uniforme, pegou a mochila e foi. O Grupo ficava perto de sua casa. Levou ainda outro comprimido, que deveria tomar na hora do recreio, ou mesmo antes, se os espirros e o mal-estar aumentassem. Nesse caso, então, deveria avisar à professora, que era chamada, na rua, de Leninha, mas, em sala de aula, eram obrigados a dizer "dona Maria Helena". Maria Helena de Andrade Linhares: este o seu nome completo, e dela, que não era de Santa Marta, mas de Itabira, todos os alunos gostavam. Alguns anos mais tarde, ficou sabendo, e não se recorda por quem, que sua antiga mestra havia se casado com um jornalista, especializado em música, chamado Carlos Felipe, com quem teve dois filhos: Thiago e Ilana. Assim que ele chegou ao Grupo, o sino tocou e cantaram o *Hino Nacional,* pois era dia de saudação à bandeira, começou a ficar tonto e a sentir que as pernas tremiam. Ainda se lembra que, antes de desmaiar, pediu ajuda ao Julinho, um menino que estava na sua frente e morava do outro lado do rio num lugar chamado Várzea e aonde, só uma única vez, ele havia ido, assim mesmo com sua mãe, para visitarem uma mulher que se chamava dona Loloia. Ela era muito gorda, sorria sempre, exibindo seus dentes de ouro, e, no quintal de sua chácara, existia um imenso pé de jatobá. Quando acordou, já em casa, seu pai estava ao seu lado: passava as mãos na sua cabeça (ainda sente seus dedos), tomava-lhe o pulso e mandava que se fechassem as janelas e as portas para que não entrassem correntes de ar que — ele o ouvira dizendo — poderiam contribuir para o agravamento do quadro. E ele, que nunca o sentira assim tão próximo, queria que aquele momento nunca acabasse, e chegou até a pensar que ficar doente não era de todo muito ruim. E virava na cama, respirava fundo e até gemia, como se sentisse muita dor. Doía, era verdade, mas uma dorzinha pequena, que começava no peito e quase não o incomodava, a não ser quando ele fazia algum esforço a mais, que foi mínimo naquelas circunstâncias. No entanto, quando veio a tosse, e, com ela, o catarro, seu pai — que não saía de perto dele, chegando até, naqueles dias, a deixar de ir ao consultório — ficou mais preocupado: olhou apreensivo para sua mãe, pegou o urinol onde ele havia cuspido, levou-o próximo à janela e examinou o escarro. Cerrou os olhos e não disse nada, o que só aumentou a sua vontade de perguntar o que estava acontecendo. E, assim, desdobrando-se em carinhos, seu pai e sua mãe ficaram com ele uns três dias, dos melhores de sua vida, e dos quais se recorda como se fossem um acalanto. Sua mãe lhe preparava mingaus, canjas, leite com Toddy e se lembra que até Neston ele comeu, sem contar as outras coisas boas que ela fazia e que, no dia a dia, não eram comuns na casa, já que não gostava de cozinha e vivia repetindo para quem quisesse ouvir: "Não nasci para o fogão." E seu pai, assistindo-o de perto, batia com os dedos nas suas costas, colocava um ouvido no seu peito, mandava falar "trinta e três" e não o deixava ficar descoberto, nem exposto ao vento e à claridade excessiva. Mudava os remédios e continuava a se desdobrar em cuidados. Sobretudo, seu pai se preocupava com seu catarro: se estava mudando de cor ou ficando mais amarelo. Era todo atenções e carinho: até parecia ser outra pessoa, chegando, inclusive, a chamá-lo "meu cabra", expressão que só de vez em quando, nas suas, até então, raras demonstrações de afeto, ele costumava usar. E essa foi, de toda a sua vida, a fase em que mais esteve perto dele, embora — e pensa nisso exaustivamente — não consiga enxergar o seu rosto, são apenas névoas. E isso o angustia, pois o sente tão perto que, às vezes, nos sonhos, tem até a sensação de tocá-lo. Desesperadamente, ele procura o seu pai. Mas, depois de uns quatro dias, quando começaram a aparecer, misturadas ao catarro, algumas manchinhas de sangue, seu pai se apavorou, ficou muito nervoso e chegou, inclusive, a mandar que ele calasse a boca quando ousou dizer que não tomaria um dos remédios porque era muito amargo. E foi quando sua mãe se pôs a arranjar as malas que as coisas começaram realmente a acontecer e, no dia seguinte bem cedo, eles foram de jipe para Governador Valadares, cidade que, até então, só existia na sua imaginação ou através das histórias de alguns amigos que já a conheciam. Um deles, Edilberto, seu primo, uma vez lhe contou sobre a ponte de São Raimundo e os canoeiros, dezenas deles, que desciam o rio Doce. Falou-lhe também, assustando-o, das casas na Ilha dos Araújos; estas, às vezes, na época das enchentes, eram tomadas pelas águas, por cobras e sapos venenosos. Animais mortos eram encontrados nos quintais ou boiando dentro dos quartos, muitas vezes até em cima das camas. A enchente invadia tudo. Na sua viagem, aquele menino — que nunca saíra de Santa Marta — encantara-se com tudo o que vira: estradas largas, restaurantes, caminhões imensos e cidades desconhecidas, todas com nomes estranhos, mas que soavam bonitos aos seus ouvidos: Euxenita, Açucena, Malacacheta, São Miguel e Almas de Guanhães, Nanuque e tantos outros. Em Açucena, na casa da doutora Cristina Morais, uma médica amiga de seu pai, eles pararam, tomaram café com leite, e ela foi muito carinhosa com ele, lhe deu uma caixa de bombons, um carrinho que buzinava e, na despedida, disse, passando a mão na sua cabeça: "Adeus, Nando." O marido dela, que se chamava Paulinho, usava óculos e era um pouco careca, disse a seu pai, enquanto tomavam uma cerveja: "Agora, Lucena, eu estou atrás de petróleo." Como Açucena e também Santa Marta, todas aquelas outras cidades eram muito pequenas, rodeadas de morros, e ainda tinham em comum as igrejas no meio de praças, as janelas das casas pintadas de azul e, cobrindo tudo, poeira, muita poeira. Porém, daquela aventura, de tudo o que ele viveu, o que mais o fascinou foram as histórias, uma atrás das outras, que seu pai ia contando. Contava e bebia, em pequenos goles, o conteúdo de uma garrafa da qual nunca se esqueceu: era azul, e, contornando-a, havia vários círculos desenhados em branco. E sua mãe olhava para o marido. Balançava a cabeça como se o reprovasse e não dizia nada. De todas as histórias que seu pai contou, o menino gostou especialmente de uma, a mais bonita, que falava de um fazendeiro, homem rico, dono de terras, casado e cheio de filhos, senhor do lugar onde morava: uma cidadezinha perdida nos confins da Paraíba. Mas, cansado da vida que levava, e de um dia para o outro, resolveu deixar tudo o que tinha: as terras, o gado, a família, e ir atrás de um sonho, um antigo sonho que, há tempos, desde a infância, o perseguia. Porém, jamais conseguira encontrar o que procurava, pois o sonho sempre estava longe: voava nas asas de uma garça, escondia-se atrás de serras ou dentro de minas escuras, onde era guardado por cavaleiros antigos, homens armados que já haviam matado, e continuavam a matar, quem se aventurasse a buscá-lo. E não foram poucos os que morreram. E, quando o homem, cansado e já com as barbas brancas, resolveu voltar à sua terra e assumir o seu fracasso, não encontrou mais nada do que havia deixado. Nem as terras, nem o gado, muito menos a família, já toda dispersa, por tantos e tão variados caminhos que seria impossível reuni-la de novo. Só existiam cinzas. Cinzas e poeira onde antes ficara parte de sua vida. E foi por isso que ele — e seu pai mudava o tom da voz, que passava de doce a cavernoso — resolveu, através de passes mágicos, se transformar, para sempre, em uma árvore. Uma gameleira grande, cujos galhos, algum dia, pudessem alcançar o céu ou, pelo menos, pequenos pedaços de nuvens. E ele apontava com o dedo e mostrava a primeira árvore que aparecesse: "Daquelas ali, meu filho." E olhava para sua mãe, que parecia indiferente, e virava mais um gole da bebida que estava na garrafa azul, de cujos círculos, para seu encanto, saíam voando uns patinhos brancos. E o menino era todo silêncio quando seu pai terminava a história. Então este, mais uma vez, passava a mão na sua cabeça, perguntava se estava tudo bem e beijava-lhe a testa, sorria para sua mãe e, aos ouvidos do filho, dizia: "Depois eu conto outras." E acendia um cigarro. E fumava. Tomava mais um trago e repetia, repetia muitas vezes: "Depois eu conto outras."

14

Mas o menino não chegou a ouvi-las, pois, semanas depois da sua recuperação e da volta de Governador Valadares, onde ficaram hospedados no Grande Hotel, à Avenida Minas Gerais, bem em frente à pedra do Ibituruna, seu pai foi assassinado e ele, que ainda estava tomando remédios, teve medo de também morrer. Ou, então, de levar um tiro, salvar-se, mas ficar entrevado, como aquele homem, Antônio Dutra, um antigo soldado que todos os domingos passava em frente à sua casa, dava bom dia à sua mãe e, empurrado numa cadeira de rodas, era levado para um bar próximo dali. E por lá ficava até que, de tardezinha, seu filho voltasse para buscá-lo e, de novo, passavam à porta de sua casa. E o ex-soldado, já bastante bêbado, tornava a cumprimentar sua mãe, que nunca respondia com palavras, mas apenas balançava a cabeça em um rápido movimento. Só muitos anos depois ele veio a saber por quê.

15

Estavam batendo à porta e ele acordou de repente, esfregou os olhos, viu que eram mais de dez horas e se assustou ao notar que não estava na poltrona, mas deitado em sua antiga cama, com o corpo dolorido e muito cansado. E se perguntou, enquanto vestia a roupa (não se lembrava de tê-la tirado), como fora parar ali, porque tinha certeza de ter adormecido na sala, ao lado da arma e pensando nas histórias de seu pai e também nos patinhos brancos que, na ida a Valadares, saíam de dentro dos círculos da garrafa azul. Mas as batidas aumentaram e ele, depressa, calçou os sapatos, passou as mãos nos cabelos e, antes de abrir a porta, perguntou timidamente: "Quem é?" Uma voz já conhecida lhe respondeu: "Sou eu, primo, Maria Tereza." E ele, pedindo-lhe que esperasse, pegou a arma e a escondeu no quarto, pois não queria dividir com ninguém aquela história — era um segredo só seu e de seu pai. Além do mais, não estava com vontade de dar explicações. Só então abriu a porta. E sua prima, muito nervosa, e antes mesmo de cumprimentá-lo, disse-lhe que precisavam conversar, pois as coisas não estavam bem e ela tinha medo, muito medo de acontecer alguma desgraça. Porém ele, tentando aparentar calma, pediu-lhe que esperasse um pouco e foi ao banheiro. Lavou o rosto, tentou urinar, sentiu uma pontada no estômago e viu que sua barba, já totalmente branca, estava crescida. Voltando à sala, notou que Maria Tereza roía as unhas e, muito aflita, começou dizendo que, de manhã bem cedo, Marinete, a empregada da casa de Rodrigo Lima e uma de suas melhores amigas, lhe falara que Lúcio Santos e mais dois homens, "com certeza pistoleiros", haviam chegado na noite anterior e estavam na fazenda Maravilha, uma das muitas de Rodrigo e de onde ele só voltara de madrugada. E que, antes de entrar em casa, tinha ficado no carro, com os vidros fechados (mesmo já dentro da garagem), até que Bruninho, com um revólver na mão, visse se estava tudo bem. E mais: outro amigo dela, Hugo Luís, que trabalhava em uma das mercearias dos Lima, havia ido à sua casa, "mais de meia-noite", só para dizer que tinha ouvido, em uma conversa de bar, "que ele não sai vivo daqui". E Maria Tereza, agora na cozinha, onde seu primo preparava um café, disse ainda que, antes de vir, ela se encontrara com as duas tias, Rosita e Maura, e estas estavam preocupadas, "pois também já sabem da chegada de Lúcio Santos e como eu, primo, acham que você deve ir embora". E que não eram só elas, da família (estavam até com medo de visitá-lo), que pensavam assim, mas todas as pessoas amigas e de confiança em Santa Marta com as quais havia conversado e que sabiam da história e também do que os Lima eram capazes quando se sentiam ameaçados. "E é assim que eles são." E aquele homem, que só ouvia e fumava, serviu-se mais uma xícara de café. Apagou o cigarro e começou falando, a princípio devagar, que ninguém mais do que ele queria ir embora dali: sumir, desaparecer sem deixar nenhum vestígio, pois não desejava desavenças. Não pensava em vinganças. E que só havia voltado para o enterro de sua mãe, com a qual se encontrara, em quase trinta anos — e Maria Tereza sabia disso —, uma única vez, assim mesmo porque ela o visitara em São Paulo, depois de muita insistência dele, pois ela, que nunca havia saído de Santa Marta, temia fazer, sozinha, uma viagem tão longa. E ele disse também que só estava há dois dias na cidade e que iria mesmo embora, pois aquele não era mais o seu mundo e nem a sua referência. Mas que não podia ir daquele jeito, escorraçado como um cachorro, um vira-latas qualquer, já que o criminoso ali não era ele. E, se existisse alguma palavra para defini-lo, era uma só: vítima. E tomava um café atrás do outro. Fumava sem parar, sorria de um jeito estranho, e quase chorou quando perguntou a Maria Tereza, que só o ouvia e já havia parado de roer as unhas: "Como posso ir se ainda não procurei nada: um retrato, uma carta ou alguma coisa que possa me mostrar quem foi meu pai?" E não parou por aí: "Você sabe que, fora umas poucas vezes (não quis contar a história da arma) — e uma delas foi quando fomos a Valadares porque eu estava doente —, quase não me lembro dele, a não ser morto, sujo de sangue e estendido ali em cima daquela mesa?" E, emocionado, ainda perguntou à prima, que abaixou a cabeça: "Você imagina o que é isso? Viver sem ter em que se agarrar?" A partir daí, ele nada mais disse. Apenas voltou a sorrir um sorriso esquisito, parado no rosto e onde a vida, há muito tempo, parecia já não existir, o que assustou Maria Tereza, fazendo-a intuir um futuro que ela jamais queria que acontecesse. E pensou: "Basta de tantas tragédias." E então, meio desajeitada, aproximou-se do primo e o abraçou. Um abraço rápido, quase só um desejo, para, em seguida, dizer que precisava ir embora para o trabalho. Tudo isso no terceiro dia da sua chegada a Santa Marta e o quinto desde a morte de sua mãe, Maria Lucas Lasmar, que, naquele momento, ali, naquela casa — e essa foi a impressão que seu filho sentiu e um arrepio percorreu-lhe todo o corpo —, teria falado através de Maria Tereza, tão semelhantes lhe pareceram.

16

Perto dali, Rodrigo Lima havia acabado de almoçar e, deitado em um sofá macio que comprara há poucos dias, assistia à televisão. Havia instalado também uma antena parabólica que encomendara de um moço chamado Jarbas e, "agora sim", ele dizia à sua mulher, "vale a pena ver o *Jornal Nacional*", e até "uma ou outra novelinha", cujo final, na maioria das vezes, todos já sabiam. Havia comido muito, tomado umas pingas e duas cervejas, e estava bem mais tranquilo depois da conversa com Lúcio Santos, que, naquela mesma noite — não poderiam perder mais tempo —, começaria a agir. A princípio, tentariam aterrorizar o rapaz para ver se ele ia embora. Mas se não desse certo, se o tal ficasse renitente, o que não seria surpresa — conhecia bem a família—, então pensariam em matá-lo. Isso, obviamente, sem deixar nenhuma pista, já que todas as suspeitas — e nem era preciso dizer — cairiam sobre eles. E Rodrigo, que desde a chegada do homem só havia saído uma única vez, assim mesmo para se encontrar com Lúcio Santos e ficar conhecendo seus amigos, dos quais só ouvira falar, desligou a televisão. Recostou-se no sofá e se preparava para tirar uma soneca (sagrada, depois do almoço) quando Daltinho, seu filho caçula, entrou de repente na sala, fechou a porta e, passando nervosamente a mão nos cabelos, foi dizendo: "Pai, se o senhor quiser, eu mesmo dou um jeito nesse filho de uma égua." E fez-se um grande silêncio — como o momento exigia, e Rodrigo sabia disso. E ele, que nunca prestara muita atenção no filho, levantou-se na mesma hora e, meio sem graça, mas emocionado, dirigiu-se a ele e, pela primeira vez — como se falasse a um adulto e não a uma criança como o julgava ser —, disse: "Muito obrigado, Dalton, mas as coisas não podem ser assim, feitas de supetão." E, chegando aos seus ouvidos, como se lhe revelasse um segredo, ainda falou: "É preciso ter calma." E, a partir daí, outra vez fez-se silêncio. Um grande silêncio, só quebrado longos minutos depois, quando pai e filho, já mais à vontade, surpreenderam-se conversando. Era uma situação bem rara. E Rodrigo Lima, sempre muito calado, sobretudo com os mais íntimos, começou dizendo que toda aquela precaução tomada nos últimos dias não era por medo, mas pelo fato de que conhecia bem, não a família de Juko Lucena, "aquele desgraçado", mas, sim, os antepassados de sua mulher, Maria Lasmar. "Esses sim, uns turcos da pior espécie." E que, já não existindo quase ninguém deles, "a não ser as duas tias velhas, uma prima e aquele rapaz, Pedro; o sangue, meu filho, sempre puxa, e a gente tem de tomar cuidado se não quiser ser pego de surpresa". E Rodrigo, depois de oferecer a Daltinho um cigarro — o que, antes, também nunca havia acontecido —, contou a ele a história de um tio do moço, Lasmar Lucas Lasmar, que teve um irmão, Lasmar de Lasmar, assassinado por gente de uma família grande, que não existia mais em Santa Marta. Ficara mais de vinte anos desaparecido, ao que tudo indica vivendo em Goiás, ele não tinha muita certeza, mas era onde — para seguir o ditado — "o mundo é maior que Deus". E, quando quase ninguém se lembrava mais do acontecido, em uma noite, Lasmar voltou. Ele e dois homens que tinha arranjado em suas andanças; eram altos, magros como ele, e invadiram a casa do homem, o que matara seu irmão, e, mesmo não o encontrando, pois o dito já havia morrido, acabaram com a viúva e os dois filhos, já meio rapazes, mas que nada puderam fazer; com a empregada, com duas tias solteiras e um outro moço, agrimensor, que era apenas pensionista na casa e morreu sem saber por quê. E, não satisfeitos com tanto sangue, puseram fogo em tudo, saíram para o terreiro e, como uns demônios, ainda mataram as cabras, várias galinhas e o que mais encontraram, como uns sanhaços que faziam ninhos nos mamoeiros. "Mas isso, meu filho", e Rodrigo fez uma pausa, "já faz muito tempo, e poucas pessoas se lembram." E Daltinho, espantado e sem querer acreditar, ainda ouviu da boca de seu pai o final da história, que terminou assim: "Depois de tudo (a polícia nem chegou perto), aquele homem, Lasmar Lucas Lasmar, e seus companheiros (disseram que um também era turco) montaram nos seus cavalos, passaram a galope pelo largo, deram ainda uns tiros para cima e desapareceram. E Rodrigo acendeu mais um cigarro. Daltinho aceitou outro. O pai voltou a deitar-se no sofá, espreguiçou-se. E então seu filho, aproveitando-se daqueles raríssimos instantes de intimidade, perguntou-lhe, sem fazer rodeios, por que havia matado o doutor Juko Lucena. E falou ainda: "Me desculpe, pai, mas a gente só ouve dizer." E Rodrigo Lima ficou desconcertado. Amassou o cigarro, tossiu e respondeu secamente: "Porque foi preciso." Mas Daltinho insistiu, querendo saber detalhes, datas, motivos. E se, realmente, o seu tio Rogério, cujo retrato estava na parede, havia sido mesmo o mandante. E então Rodrigo, recompondo-se, disse que já fazia muito tempo, quase trinta anos, e que, qualquer dia, com mais folga, iria contar tudo, pois era uma história comprida. E, para sua sorte, quando Daltinho ia perguntar mais, Marinete, a empregada, pediu licença, entrou na sala e disse que uma moça, ao telefone — e pelo jeito era interurbano —, queria falar com seu filho. De novo sozinho, Rodrigo chamou Marinete, instruiu-a de que não estaria para ninguém, "mas ninguém mesmo", acendeu mais um cigarro e fechou os olhos. E voltou a pensar, não naquele homem que retornara à cidade, mas em Daltinho e nas perguntas que lhe fizera. E concluiu que deveria conversar mais com ele, já que seu filho não era mais nenhum menino e poderia até ajudá-lo, caso fosse necessário. E se perguntou: "Como eu ainda não havia notado?" E veio-lhe à cabeça, sem que se desse conta, o dia em que, depois de acertar tudo com Rogério, o líder da família e quase dono de Santa Marta, ele esperara atrás de um poste, acobertado por Lúcio Santos e Laércio, até que Juko Lucena subisse a rua após passar na padaria, como fazia todas as tardes quando voltava do consultório ou do posto de saúde, que causara muito desgosto ao seu tio, pois fora uma conquista dos adversários. Esperou que o doutor começasse a subir a pequena escada de quatro degraus, único acesso à casa, para, então, acertar-lhe os três tiros, todos nas costas, sair correndo sem enxergar nada e entrar no carro onde Lúcio Santos, já pronto para a fuga, estava esperando com o motor ligado. E foi o que fizeram: fugiram. E nada saiu errado. Depois, nos meses seguintes, ele só fugiu, fugiu e fugiu, até que as coisas esfriassem, seu tio arranjasse tudo em Guanhães, que era sede da comarca — além disso tinha um juiz amigo —, e ele pudesse voltar a Santa Marta, como acabou acontecendo, quase dois anos mais tarde, já que ter matado um médico complicava muito sua situação. E ele sentiu isso na pele. Durante todo o tempo em que esteve ausente, protegido pelos Luchesi, viveu em Ipatinga; não na cidade, mas, alternadamente, nas várias fazendas que eles possuíam por lá, a maioria delas margeando o rio Doce. E gente como aquela — antigos companheiros políticos do seu tio que, pela convivência, tornaram-se seus amigos pessoais — ele nunca mais encontrou. Também Lúcio Santos, anos mais tarde, foi protegido por eles. E se deu bem. Mas Rodrigo já não era o mesmo homem: alegre, brincalhão, cheio de vida, mas uma outra pessoa: mais triste, desconfiado. Não podia mais andar tranquilo pelas ruas, conversar com todo mundo e, à noite, principalmente à noite, deitar-se sem saber o que era a insônia, essa atual e indesejável companheira. Foi nesse período, também, que ele começou a fumar, a só andar armado e a beber cada vez mais, bebidas fortes, não a cervejinha leve da tarde, antes do jantar, da qual tanto gostava. Isso, além de — e era uma sensação nova para ele — sentir que a qualquer hora poderia tomar um tiro e, o que seria pior que morrer, ficar aleijado pelo resto da vida como aquele soldado, Antônio Dutra, que, em Santa Marta, vivia em cadeira de rodas, sempre de mau humor e praguejando contra a vida. O mesmo que, quando tudo acontecera, havia facilitado a sua fuga: induzira, com muita habilidade, o cabo e os outros dois soldados a irem por um caminho contrário ao que ele e Lúcio Santos haviam seguido. E disso Rodrigo nunca se esqueceu e chegou até, sem que ninguém ficasse sabendo, a arranjar-lhe, quando aconteceu o acidente e ele ficou paralítico, uma aposentadoria como sargento, mesmo Antônio Dutra não passando de soldado raso. Mas, felizmente, tudo acabara. Por sorte, ele — logo após a sua volta à cidade — começou a namorar com Vanda, sua conhecida desde a infância e meio parente, bem longe era verdade, mas parente é sempre parente. E ela, que soube compreendê-lo, acabou mudando os rumos de sua vida com muito carinho e, sobretudo, paciência, pois não foi fácil suportá-lo naqueles tempos. E agora, quase trinta anos depois, com as coisas já mais amenas e quase esquecidas pela maioria das pessoas, chega esse homem que ele nem conhece para estragar tudo e fazer sangrar, novamente, uma ferida que já havia quase cicatrizado. E também colocá-lo de novo em alerta, sem poder descartar a possibilidade de ter que ordenar outra morte. E ele não queria mais saber disso; já estava cansado e, às vezes, costumava até sentir — e nem gostava de pensar — um pouco de remorso pelo crime que havia praticado e que sempre o incomodava, ainda que de uma maneira branda e passageira. E foi por isso que ele — para amedrontar o rapaz e não para matá-lo — chamou Lúcio Santos, seu grande amigo, mas sobre o qual — e isso lhe tirava o sono — não tinha controle. Lúcio era como uma bomba que, mal planejada, a qualquer hora poderia explodir. E com ele vieram as duas feras, Nivaldo e Rui, homens saídos ele não sabia de onde. E os tempos eram outros, e seu tio Rogério estava morto. E seus irmãos, mais acomodados, só se preocupavam com os próprios negócios, e na família — e era muito triste — já não existia a mesma solidariedade de antes quando o que acontecia a um era problema de todos. Além do mais, ele, Rodrigo, queria mesmo era só um pouco de paz. Estava cansado. E, pensando assim, com esperança de que tudo se resolvesse bem, ele levantou-se do sofá, foi até o escritório e, depois de vacilar um pouco, acabou ligando para Lúcio Santos, convidando-o para jantar. "Vamos comer uma paca", disse. E ali mesmo tomou outra cerveja, fumou vários cigarros e, ao ser surpreendido por sua mulher, que veio trazer-lhe um cafezinho e fazer-lhe uma massagem nas costas para relaxá-lo, pensava em como seria "aquele menino", o filho de Juko Lucena, o paraíba de merda", como a ele se referia seu tio Rogério.

17

E, às nove horas da noite do terceiro dia de sua chegada, enquanto os dois amigos Rodrigo Lima e Lúcio Santos comiam paca e tomavam vinho tinto, a umas três quadras dali, bebendo também, mas conhaque, e fumando, aquele homem, que ainda não decidira quando iria embora, "mas o mais rápido possível", começava a ficar com medo de alguma coisa ruim lhe acontecer. Isso, depois da conversa com Maria Tereza e de tudo o que ela lhe havia falado, mas ele ainda não levara muito a sério, pois nunca poderia imaginar — ficara tantos anos fora — ser, ainda, ameaça para alguém, muito embora, em seu coração, nada estivesse definido. E, assentado na poltrona, dando fortes tragadas e observando a fumaça dissolver-se, pensou: "Tudo, como de resto, tem esse mesmo destino", e ele, ainda sem jantar e nem ao menos estava com fome, finalmente decidiu que, na manhã seguinte — a do quarto dia de sua chegada —, começaria, de qualquer jeito, a ver as coisas de sua mãe, pois não poderia adiar mais, já que precisava voltar a São Paulo, reassumir o banco e tocar sua vida. Era simples: teria apenas que abrir as gavetas de um velho guarda-roupa e de uma pequena cômoda que ficavam no quarto onde sua mãe, Maria Tereza havia lhe falado, guardava a maioria de suas coisas. "Aqui no quarto não", ela sempre lhe dizia quando acontecia encontrá-lo ali, onde ele gostava, às vezes, de ficar mirando-se no espelho. E amassou no cinzeiro o resto do cigarro, serviu-se de outra dose de conhaque e ficou mais tranquilo, pois quanto "àquelas gavetas" já estava tudo resolvido, ele já decidira o que fazer. E poderia, depois, sem remorsos, deixar a casa, tomar o ônibus e sair de Santa Marta por sua própria vontade, e não como há quase trinta anos, quando não teve escolha, viu sua família fragmentar-se e ele, com pouco mais de onze anos, ser jogado no mundo. Tomou outro trago: dose dupla, e sentiu que descia bem. Às vezes o conhaque era assim. Acendeu mais um cigarro e viu-se de novo, como numa miragem, despedindo-se de Rita, sua irmã, de sua mãe, que chorava, e entrando no caminhão do Leo, que o levaria até Belo Horizonte. Chovia. Chovia muito. As estradas não eram asfaltadas. Havia muitos buracos, faltavam pontes. E, para evitar atoleiros, Leo decidira passar pela Serra do Cipó, e não por Itabira, na rodovia recém-inaugurada, mas que, naquela época do ano, tornava-se praticamente intransitável. O caminho da Serra dava medo, pois por lá, diziam, morava Cachinguelo, o velho da gruta, que vivia ali há mais de cem anos, desde os tempos da "Princesa Isabel", e sempre pronto para atacar as pessoas, principalmente crianças, que eram o seu "prato preferido". Se, depois de tanta aventura, conseguissem chegar vivos a Belo Horizonte, Leo o colocaria dentro do ônibus, o recomendaria ao motorista e muitas horas depois, nem sabia quantas, estaria chegando a São Paulo, onde Ruth, uma prima de sua mãe, o esperaria na rodoviária, como já havia sido combinado por cartas. Além disso, ela escreveria o seu nome em uma folha de cartolina para que ele a identificasse de longe. "Será bom para você", era só o que se lembrava de ter ouvido de sua mãe quando ela, sem conseguir se conter, chorou convulsivamente, enquanto Leo arrancava o caminhão e ele, perplexo, olhava para sua casa. Vira as janelas azuis, o ipê todo florido, Luizinha, a empregada, que também estava perto, e Rita, sua irmã, acenando para ele. "Que tempos", o homem pensa, ajeita-se melhor na poltrona e sente que o conhaque, como sempre, começa a fazer efeito. E se vê, então, depois de tantas horas, chegando a São Paulo, em uma rodoviária imensa, e onde Ruth, sua prima, o esperava na companhia de um rapaz alto, que, ao ser apresentado a ele por aquela mulher muito parecida com sua mãe, sorriu e lhe disse: "Seja bem-vindo, mineirinho." Mas, ainda dentro do ônibus — e Leo, depois de conversar com o motorista, lhe recomendara que não descesse em parada alguma —, um rapaz que viajava ao seu lado e usava óculos escuros e uma jaqueta de couro começou a puxar conversa com ele, depois de lhe oferecer um sanduíche. "É um misto", lhe disse. E, enquanto comia, já mais à vontade, aquele moço, Ricardo, lhe perguntou se ele era baiano e de onde, pois conhecia alguns lugares "na boa terra". E como a resposta foi "não, eu sou é mineiro", Ricardo franziu a testa, mostrou-se surpreso e falou: "Mas você tem um acento do norte." Porém, nestas alturas, já todo prosa, o menino contava histórias, inventava, depois de também oferecer ao novo amigo o que havia trazido: uns biscoitos, comprados pouco antes do embarque. E disse a ele que em sua terra, Santa Marta, ele tinha dois cavalos que seu pai (não quis falar sobre a sua morte) havia comprado em uma exposição em Governador Valadares e que eram quase puros-sangues. E, quando o moço quis saber os nomes dos cavalos e de que raça eram, ele, muito sem graça, começou a gaguejar. Mas Ricardo, do qual ainda se lembra, sorriu, tirou os óculos e lhe disse: "Tufão é um bonito nome para o preto. E o baio...?, que tal Luar?" E sorriu de novo, aceitou mais um biscoito, fechou a janela e disse ao menino que ele iria gostar de São Paulo, onde morava muita gente de Minas. "A colônia é imensa." E, mais tarde, já na casa de Ruth, ele contou essas e outras passagens a ela e ao seu companheiro, o homem alto que se chamava Juarez e prestava muita atenção ao que ele dizia e que, até não voltar mais, foi legal com ele e, uma vez, de motocicleta, o levou ao Jardim Zoológico e, na volta, de tardezinha, passaram no Monumento aos Bandeirantes e no Parque do Ibirapuera. Lá, ele lhe comprou um churro recheado com doce de leite e lhe disse, também saboreando um: "É comida uruguaia." E ele, que nunca havia ouvido falar em *churro,* muito menos em Uruguai, achou aquele petisco gostoso e aceitou outro, quando Juarez lhe disse: "Coma à vontade." E, tanto tempo depois, se lembra também de Ruth, do carinho que ela tinha com ele, do tanto que se parecia com sua mãe e do grande favor que lhe fizera, levando-o para morar com ela sem cobrar nada, sem nunca lhe pedir nada. E se recorda ainda do tanto que ela chorara nos dias seguintes à briga com o Juarez, que jurou nunca mais colocar os pés na casa, depois de lhe falar muitas coisas. Coisas que o deixaram corado, com raiva e muita vontade de também brigar com aquele homem que, naquela hora, não se parecia nada com o outro: educado, bom ouvinte e que o havia levado para passear, apresentando-o, pela primeira vez, à cidade de São Paulo, que passaria também a ser sua. Ficou calado, solidário com a prima. E apenas abaixou a cabeça e não respondeu ao cumprimento de Juarez quando este, daí a alguns minutos, resolveu ir-se embora e saiu batendo a porta, depois de chutar um vaso e espalhar muita terra no tapete da sala. E nos dias seguintes à separação, Ruth se mostrou ainda mais afetuosa com ele. E cantava, às vezes, colocando-o no colo — e chegou até a chamá-lo "meu filho", assustando-se em seguida — as mesmas canções que, em Santa Marta, sua mãe também cantava e que ele gostava de ouvir, apesar de achá-las tristes. Ruth, mesmo sendo tão boa, era muito calada. E isso o intrigava, às vezes, quando se perguntava por quê. E, se estavam sozinhos — e era a maior parte do tempo, pois quase ninguém os visitava e ali em São Paulo não tinham parentes —, Ruth cantava, mas gostava mesmo era de assistir à televisão, que ocupava lugar de destaque na sala, ao lado de dois quadros e um pôster de Roberto Carlos encostado em uma motocicleta e que ela não se cansava de admirar. Via todas as novelas. Aos sábados — e isso era sagrado — assistia ao programa da Jovem Guarda, sempre tendo ao lado, e ele achava ótimo, uma panelada de pipocas, que devoravam com guaraná. Um dia, olhando para Vanderléia, ela lhe perguntou: "Você sabia que ela é de Governador Valadares?" Ruth gostava também de ficar pintando as unhas, cada dia de cor diferente, pois tinha vidros e mais vidros de esmalte, os quais comprava de uma moça que, todas as semanas, passava vendendo e com a qual, trancada no quarto, dava boas gargalhadas. Sobre ela, Ruth lhe disse: "É representante exclusiva." Porém uma coisa o intrigava: qual seria o trabalho de sua prima, se ela passava a maior parte do tempo dentro de casa e só saía, às vezes, à noite, sempre muito bem-vestida e com uma maquiagem que, aos seus olhos, parecia exagerada, mesmo sendo ele ainda uma criança? E também uma outra coisa deixava-o triste: por que ela, uma pessoa tão especial para ele, nunca lhe perguntava nada sobre a sua vida? A de sua mãe ou de Rita? E muito menos a respeito da morte de seu pai, da qual ele sempre se lembrava e sobre a qual, muitas vezes, tinha vontade de conversar com ela, que talvez pudesse lhe esclarecer alguma coisa. Mas Ruth só queria saber — e nisto insistia muito, chegando até a ser aborrecida — era como ele ia na escola: se gostava dos professores, se estava tirando boas notas, se os colegas o tratavam bem e coisas assim. Perguntava, também, sobre os livros. Comprava-os e lia todos; não só os indicados pelo colégio, mas também coleções diversas, que lhe dava de presente, e uma delas, a de Monteiro Lobato, até hoje ele guarda. E, no fim do mês, quando vinha o boletim com aquele emblema bonito do Colégio Eduardo Prado, se as notas eram boas, sua felicidade era maior. E ela o abraçava, passava a mão na sua cabeça e dizia: "Você vai se dar muito bem na vida." Mas era só isso. E, em uma noite fria, quando, lembrando-se do passado que nunca mais o deixou, ele — depois de pensar muito — resolveu perguntar se ela também havia nascido em Santa Marta. Ruth, esboçando um sorriso que mais parecia uma careta, respondeu: "Infelizmente." E o assunto morreu ali. E eles ficaram calados, num clima muito sem graça, até que ela foi à cozinha, preparou algumas torradas, fez um café e, de volta à sala, depois de se enrolar em um cobertor, ainda falou, olhando dentro dos seus olhos: "Você também deve esquecer aquele lugar." E os dois, até que sete anos depois ela mudou para os Estados Unidos, e ele, que já trabalhava no banco, foi morar em uma pensão, a Princesa do Norte, quase na esquina com Guaianases, não tocaram mais nestes assuntos. Até parecia que Santa Marta nunca havia existido, não passava de um pontinho no mapa, ou, pior do que isso, era apenas um sonho. E ele não voltou a ver sua prima e nem teve mais notícias, pois ela, que ficara de lhe escrever e mandar o novo endereço tão logo chegasse à "América", parece que se esqueceu ou resolveu apagar de vez o passado. Mas daquela pessoa, tão só quanto ele, o homem guarda as melhores lembranças, e é nela que está pensando agora, enquanto vira mais um conhaque. E, levantando-se da poltrona, vai ao banheiro, tenta urinar, mas não consegue e sente que a bexiga está inchada e dói. E vai também à cozinha e toma um pouco de água. Mas, quando apaga a luz, ele ouve, vindo do terreiro, um baque surdo, parecido com alguma coisa que tivesse caído ou se soltado de algum lugar. "Teria sido um galho da pitangueira?" E, nos instantes seguintes, ainda inseguro, resolve sair para ver e, devagar, muito devagar, começa a abrir a porta. Leva as mãos à boca e recua aterrorizado quando vê ali, na sua frente, todo coberto de sangue, mas ainda vivo, um pequeno cachorro negro, que também estava com um dos olhos arrancados, mas ainda preso por uma fina membrana, formando um quadro de horror. E então ele ouve uma voz dizendo: "Isso é apenas o começo..."

18

Quando Maria Tereza chegou, na manhã do quarto dia, encontrou seu primo apavorado, andando de um lado a outro, estalando os dedos e queixando-se de dor no estômago, além de estar sentindo um incrível mal-estar. Quase não havia dormido, as olheiras eram visíveis, e a barba, branca, dava a impressão de que tinha envelhecido muito desde sua chegada, quando o encontrou no velório de sua mãe. Também, duas rugas, que antes não notara, cortavam-lhe a testa, e o homem, após cumprimentá-la com um sorriso parado — indecifrável, embora um sentimento estranho estivesse estampado em seu rosto —, segurou com força sua mão e, jogando fora o cigarro, levou-a até a cozinha e abriu a porta que dava para o terreiro, onde, encostado em um pneu velho, com a boca escancarada, o sangue já ressecado e recoberto pelas moscas, o cachorro ainda se encontrava. Maria Tereza, como ele na noite anterior, também recuou assustada, levando as mãos à boca. Amparou-se nele e, a muito custo controlando o vômito, disse, como se falasse para si própria: "É o Rex da tia Rosita." E começou a chorar e a perguntar como tinha acontecido e por que haviam feito aquilo com o pobrezinho cujo defeito, o único, era vadiar pelas ruas, mas sempre alegre e sem nunca atacar as pessoas. "Como pode?" E seu primo, acendendo outro cigarro, ouviu-a dizer também que aquele cãozinho, o Rex, era a vida para a sua tia, que o havia encontrado na rua todo cheio de feridas e o levara para casa. E cuidara dele como se fosse gente; dele e de um gato, um angorá, ao qual, carinhosamente, chamava Sultão. E Tereza disse: "Não, ela não poderá saber." O melhor para ela seria pensar que ele havia desaparecido, ou que o roubaram. E que teriam de dar um jeito: ou jogá-lo no rio, à noite, o que seria arriscado, pois alguém poderia ver, ou enterrá-lo ali mesmo no terreiro, para não serem vistos e não levantarem suspeita. E acabaram optando por um lugar onde a terra era mais macia, debaixo da pitangueira e um dos poucos espaços ali, ainda não cimentado. Seria melhor assim. O que as pessoas iriam pensar se os vissem pelas ruas, arrastando um cachorro morto? E Maria Tereza, tomando a iniciativa, foi até a cozinha e pegou uma pá, já muito gasta e que sua tia usava para cuidar da horta e também das roseiras que, anos antes, chegaram a ser seu maior orgulho. E Maria Tereza virou-se para elas, agora apenas uma meia dúzia, já quase mortas e plantadas rente ao muro por onde os que mataram Rex haviam saltado.

"Que coisa horrível", ela repetiu muitas vezes até que seu primo, molhado de suor, terminou de abrir o buraco, onde, finalmente, jogou o cachorro, cobriu com terra e, por mais que não quisesse, associou tudo ao enterro de sua mãe e sentiu-se muito triste, enquanto sua prima, com uma vassoura e o balde cheio de água, acabava de limpar o sangue já seco e grudado no cimento, onde traçava estranhos desenhos. "Da mesma maneira como queria limpar o meu vômito ela remove esse sangue", pensou o homem e começou a sentir, naquele momento, um grande carinho por aquela mulher. Ela estava sendo, desde a sua chegada, seu único ponto de apoio em Santa Marta, aquela cidade onde, para ele, o mal havia se instalado. E quando terminou a limpeza, levantou a cabeça, e os olhos dos dois se encontraram, Maria Tereza, timidamente, abaixou os seus, ajeitou os cabelos e disse: "Inês perguntou por você..." Então eles, em silêncio, foram até a cozinha e ela, sem dizer mais nada, começou a preparar uma comida e também aceitou, sem relutar, uma pequena dose de conhaque, servida em um cálice que o primo havia encontrado no armário. E depois que terminaram de comer ele lavou os pratos, "pois já estou acostumado". Acendeu um cigarro e Maria Tereza lhe disse que também gostava de fumar. E, entre pequenas tragadas, perguntou: "Por que tudo isso?" E, nos instantes seguintes, só se ouviu o silêncio. Depois, ela levantou-se, olhou bem nos seus olhos e falou, com a voz trêmula e tomada de emoção: "Eu tenho medo de que você morra." E disse que já era tarde.

Mas, antes de sair, insistiu com o primo, que a acompanhara até a porta: "A morte do Rex foi só um aviso, pode estar certo." E desceu as escadas, e ele, por alguns segundos, quis pedir-lhe que não se fosse, pois sua companhia o ajudava, dava forças e não o deixava pensar em coisas ruins. Em seguida, olhou a rua, a mesma rua onde, anos antes, gostava de ficar brincando, quando sua mãe permitia. Porém foi tudo muito rápido, e, voltando a fechar a porta, viu-se de novo dentro de casa sozinho e com muita vontade de fumar e de beber; beber até ficar tonto, e, assim, não pensar em nada. E foi à cozinha, tomou água, outro café, e, de volta à sala, sentiu não poder adiar mais, e teria, se não quisesse ficar louco, que olhar as coisas de sua mãe e eram, ele sabia, o único elo prendendo-o ainda a Santa Marta. "Daqui a pouco eu começo." E acendeu outro cigarro — talvez o vigésimo do dia — e ficou ali, fumando e pensando, até que resolveu agir e, só para criar coragem, tomou uma pequena dose. Foi também ao seu quarto, pegou o aparelho de barbear (sempre se barbeava quando ia fazer algo importante) e, já no banheiro, enquanto a lâmina afiada machucava o seu rosto, ele se surpreendeu pensando, não nos homens que queriam matá-lo, mas na prima, Maria Tereza, a mulher que, até há poucos minutos, estivera ali, ao seu lado, ajudando-o a enterrar um cachorro, cujo olho, dependurado, formara uma visão macabra. E se achou um egoísta por já estar há mais de quatro dias em Santa Marta com ela ao seu lado e sem ao menos lhe perguntar pela sua vida, o que fazia, quais eram as suas aspirações e por que o tratava tão bem, se a amizade deles, já tão recuada no tempo, não passava de imagens diluídas ou pequenos pedaços de lembranças. Em seguida, lavou o rosto. Passou um pouco de lavanda e, sentindo-se melhor, chegou até a se esquecer, por uns instantes, da situação em que estava. Uma situação irreal, pensou: preso dentro de casa, com medo de abrir umas simples gavetas e ameaçado de morte pelas mesmas pessoas que acabaram com seu pai e mudaram os rumos de sua vida. Como se já não bastassem a sua solidão, o medo e os anos que, em São Paulo, ele passara sozinho, de pensão em pensão, de bar em bar, e tendo de conviver com tanta gente estranha e de usar tanto jogo de cintura para continuar sobrevivendo. E se olhou de novo no espelho e viu que seus olhos, castanho-escuros, eram muito tristes. E, então, lembrou-se de que Socorro, desde que o conhecera, sempre falara da sua melancolia. E continuou falando, apaixonadamente, até que foram para a cama pela primeira vez e o corpo dela dentro do seu e sua língua dentro de sua boca fizeram-no pensar que a realidade não era assim tão cruel e que ele poderia até ser feliz, caso conseguisse entregar-se àquela mulher e compartilhar, não só os momentos de gozo, mas também outros segredos que, se bem vivenciados, acabam dando outro norte à vida. E bem que ele precisava. Mas isso não foi possível. E, fora o seu silêncio, foi um dos motivos da separação, pois ela — que em poucos dias de relacionamento já lhe contara toda a sua história, desde a saída de Barra Mansa, ainda adolescente — não se conformara com que ele também não lhe falasse de sua vida, pois conhecerem-se, para ela, era mais do que indispensável, e não poderia aceitar, dormindo ao seu lado e fazendo amor com ela, um homem calado, desses caracóis que, dia a dia, se fecham ainda mais. Mas ele não mudou. E quanto mais Socorro lhe perguntava, mais distante ele ia ficando, respondia com evasivas e, às vezes, com brincadeiras, mas onde se podia perceber a amargura; dizia que sua vida não tinha nada de interessante e que ele não passava de um simples bancário. Um pau-de-arara a mais, como milhares de outros, e tão anônimo — filosofava, então — "como este São Paulo todo". E fazia um largo gesto com os braços, e, em seguida, quase sempre bebia. Mas Socorro não se conformava. E as coisas foram piorando até que um dia, depois de uma cena de ciúmes, quando chegara tarde sem avisá-la, ela, que também havia bebido, deu uns socos na mesa, quebrou alguns copos e, depois, aos prantos, disse que não queria viver com um mudo e que iria procurar o seu rumo, "pois de solidão, cara, já estou farta da minha". Então separaram-se. E ele ficou muitos meses sem ter notícias dela, às vezes sentindo saudades, com vontade de procurá-la e, quem sabe, tentar uma reconciliação, que ele achava difícil, mas não de todo impossível. Isso até o dia em que recebeu, lá mesmo na agência, na manhã de uma quinta-feira, o telefonema falando da morte de sua mãe: uma conversa rápida, sem rodeios, entrecortada por muitos chiados e que Maria Tereza finalizou assim: "Primo, todos te esperamos."

E então, desesperado, ele ligou para Socorro. Bastou uma simples palavra sua e ela, deixando de lado o trabalho, veio ao seu encontro, o abraçou e, daí a algumas horas, enquanto ele arranjava a mala, disse-lhe que queria ir com ele, estar ao seu lado, e não o deixar sozinho. Mas aquele homem não quis. Falou que a viagem era longa, cansativa demais, e que não havia como levá-la se nem mesmo ele sabia o que iria encontrar. "Pode ser perigoso", ainda deixou escapar. E, mesmo certo de que estava com medo de se comprometer, voltou a negar quando ela insistiu e disse, finalmente: "Não, eu não quero." E só então, assustado e já muito tonto, viu que ainda estava em frente ao espelho e que, há vários minutos, falava sozinho. E pior. Muito pior do que isso: começava a sentir seus olhos encherem-se de água. E então permitiu-se chorar. Tudo isso naquele começo de entardecer, bastante quente, do seu quarto dia em Santa Marta e o sexto desde a morte de sua mãe, cuja presença, em toda a casa, era uma coisa tão sufocante que ele teria mesmo de resolver logo. Reunir todas as suas forças, arranjar outras e lutar, se não poderia ser tarde demais. E, após tomar banho e ir à cozinha, onde virou mais dois conhaques e acendeu outro cigarro, viu que suas mãos estavam tremendo, e, antes, isso nunca havia acontecido. Abriu então a geladeira, pegou várias pedras de gelo para, daí a pouco, novamente assentado na poltrona, continuar a beber. Doses grandes, das que só tomava nas frias noites de São Paulo, em junho, de preferência, quando, sem conseguir suportar-se, saía com o pessoal do banco e enchia a cara até a hora de pegar o último ônibus ou o metrô e voltar para casa, cumprindo, assim, um ritual que, com o passar do tempo, se tornava cada vez mais insuportável.

19

A lua estava bonita, quase cheia, e os homens de Lúcio Santos, Nivaldo e Rui, na fazenda Maravilha, pareciam tranquilos: haviam feito um bom serviço na noite anterior e, apesar dos esforços, da luta que fora saltar o muro com o cachorro ainda vivo dentro de um saco, tiveram êxito, já que no terreiro só precisaram amarrar bem sua boca para impedir os ganidos. Além do mais, Nivaldo era especialista em retalhar corpos nos pontos certos, onde há mais sangue, sem que se morra de vez, pois queriam que o moço o encontrasse ainda vivo e, assim, seu pavor fosse maior. Se ele saísse correndo pelas ruas, tanto melhor, pois o veriam e poderiam até matá-lo, ainda que as ordens não fossem bem estas. Porém, de uma coisa eles faziam questão: que o tal homem encontrasse o cachorro vivo, esvaindo-se em sangue e sem um dos olhos, ou melhor, com ele dependurado, o que tornaria a visão ainda mais aterradora. Por isso, de propósito, haviam feito barulho e falado, "isso é só o começo", pois queriam ver se ele aparecia e qual seria a sua reação ao topar com uma situação daquelas, à qual, com certeza, não estava acostumado, já que não era como eles que, há anos — desde a época do doutor Paulo Luchesi, o chefão de Ipatinga —, trabalhavam com Lúcio Santos, para quem já haviam feito tantos serviços e tinham se saído muito bem. Às vezes, até melhor do que imaginavam. E ninguém ainda conseguira, apesar dos processos, investigações e até mesmo pequenos períodos de "férias" na cadeia, provar nada contra eles, que continuavam na ativa, agindo com cautela e sempre orientados por Lúcio Santos, que era quem dava a palavra final; depois, é claro, de se entender com os Luchesi. E talvez aí estivesse a chave de todo o sucesso — ninguém nunca agia sozinho. E os dois, quando recebiam uma ordem, por mais perigosa que fosse, não a contestavam — cumpriam. E pronto. Como, há poucos meses, quando lhes fizeram uma encomenda, que, a princípio, não lhes agradara muito, pois teriam que matar uma mulher, e matar mulher pode dar azar. Mas aquela, uma vagabunda, estava incomodando um amigo, gente fina, a quem Lúcio Santos, e também eles próprios, deviam favores, pois não foram poucas as vezes em que, por necessidade, ossos do ofício, haviam passado temporadas em suas fazendas, principalmente nas de Mato Grosso, onde não era fácil chegar, e ninguém, nem mesmo os gerentes, perguntava quem eles eram ou o que estavam fazendo. Já que não faziam nada mesmo, a não ser passar os dias deitados nas redes ou pescando pintados e treinando pontaria nos tuiuiús — matando por matar, já que ali, naqueles confins de pantanal, o tempo custava a passar. Era uma pasmaceira danada. Isso, além de terem que suportar um calor infernal e, à noite, ainda a invasão de milhares de borrachudos, que os obrigavam a dormir com aqueles insuportáveis mosquiteiros, única forma possível de se conseguir um pouco de sossego. Mas, depois de tudo combinado com o homem e já com o retrato da mulher nas mãos — de corpo inteiro —, foram para o Espírito Santo, onde deveriam fazer o serviço. Chegando a Vitória, depois de passarem a noite viajando, hospedaram-se com nomes e identidades falsos em um hotel, o Beira-Mar, que ficava de frente para o prédio, um condomínio de luxo, onde a fulana morava, e, de lá, todas as manhãs, saía, já de biquíni, atravessava a rua e, rebolando, ia para a praia: estendia-se na areia, passava bronzeador e começava a folhear os jornais, uns dois ou três, que o dono da banca, um japonês com cara de safado, mandava entregar. Era um vidão. E tudo à custa do amigo. E eles, que não tinham nenhuma pressa — pois o homem, também para eles, pagava tudo —, só ficavam observando, ou da janela do apartamento onde estavam ou da praia mesmo, bem próximos a ela, que nem de longe suspeitava estarem seus dias contados. E até *topless* chegou a fazer, deixando Nivaldo maluco ao ver aqueles peitinhos queimados, até parecendo de adolescente, embora ela já fosse mulher madura. Era uma pena o que teriam que fazer. Um crime contra a natureza — e eles sabiam disso. Mas o homem era amigo e lhes havia falado: "Eu quero trabalho bem-feito." Pediu ainda, várias vezes, que não abusassem dela em nada, e que não a deixassem sofrer, pois, apesar de tudo, da filha-da-putagem toda, ele ainda a queria bem e sempre tivera coração mole. Se estava dando aquela ordem, e frisou bem, era porque não havia mais jeito, e já não aguentava tanta humilhação. E Nivaldo e Rui concordaram. E seria certo também — não tinham dúvidas — que, se falhassem, as coisas se complicariam para eles, já que aquele homem, apesar de gente boa, não era de brincadeira e de tudo, como um mágico, ficava sabendo. Parecia até que o seu informante era o mundo. E eles nunca foram tolos. E foi por isso que os dois, esperando um momento ideal, ainda ficaram naquele hotel uns bons dias, já que não podiam pegá-la ali, perto de casa, e onde alguém, algum desocupado, poderia ver e denunciá-los mais tarde à polícia. E aí viriam todos aqueles problemas: retratos falados, notícias nos jornais, nas rádios e, quem sabe, até — já que a fulaninha era chique — no *Jornal Nacional*. Para todos os efeitos, no hotel, eles eram comerciantes goianos — compradores de arroz — e estavam em viagem de negócios. Mas tudo foi mais fácil do que imaginaram. E os deixou até meio tristes, pois estavam levando uma boa vida e até mulheres, se quisessem, teriam conseguido: turistas, moreninhas nativas e até aquelas branquelas de olhos azuis, filhas dos imigrantes alemães, mas já tão escoladas como as brasileiras, ou até mais. Porém não era esse o caso; estavam a trabalho, e o envolvimento com rabo de saia em situações assim só traz complicações. Mas o que foi planejado para uns dez dias, ou vinte, acabou-se resolvendo no nono mesmo, num domingo à tarde, de ruas vazias quando, lá pelas cinco horas, da janela do apartamento onde estavam, e, sempre, um deles, de binóculo, ficava de vigia, Nivaldo a viu tirar o Monza da garagem. E ainda falar alguma coisa ao porteiro do prédio, a quem entregou uma nota, que o cretino guardou com a maior cara limpa, só fazendo gestos com a cabeça e concordando com tudo o que ela dizia: mentiras, certamente. Então, eles só tiveram o trabalho de descer correndo as escadas — pois o elevador estava demorando —, passaram calmamente pela portaria (para não levantarem suspeitas), pegaram o carro e começaram a segui-la. E, se Nivaldo era um mestre em retalhar corpos, Rui, por sua vez, sempre fora um ótimo motorista, carteira classe C, que sempre exibia com orgulho. Até carreta ele podia dirigir. Por isso, com calma, sem exigir muito do carro e dos nervos, mas com todas as precauções que o momento pedia, foram atrás dela até umas vinte quadras dali, já fora da orla, e, por sorte, em uma rua bem tranquila, onde, então, ela parou o Monza à frente de uma casinha amarela, com portãozinho de ferro e janelas azuis, bem como o homem descrevera — o mundo era mesmo seu informante. Lá de dentro, todo garboso, saiu um mocinho moreno, bem mais novo que ela, com roupas coloridas, cabelo engomado e jeito de gigolô. E isso só aumentou o ódio de Nivaldo e também de Rui, que não fizeram comentário, de tão satisfeitos em prestar aquela ajuda ao amigo. E foi por isso que, naquela hora, resolveram por conta própria — e aí contrariaram uma norma do grupo — acabar também com aquele tipinho. Além do mais, não deixariam testemunha, e tinham certeza de que nem o homem nem Lúcio Santos iriam se importar. Seria uma limpeza. E, daí em diante, foi mais fácil do que imaginaram. Só tiveram que segui-los até que pegassem o caminho dos motéis, que ficava a uns poucos quilômetros. E foi então que Rui — assim que acharam o local ideal — deu uma arrancada brusca, fechou a passagem para o Monza e desceram os dois, já com as máscaras nos rostos e os revólveres com silenciadores apontados para o casal, que não teve a menor reação, nem mesmo de espanto, e foi encontrado dois dias depois, a umas centenas de metros dali, nas encostas de um matagal e de onde se avistava o mar, um lugar ideal para desovas. Ela, com um tiro só, na nuca, bem ao estilo antigo, como o homem pedira, mas sem o relógio de ouro e os brincos, que ele queria de volta, pois haviam sido de sua mãe e, no auge da paixão, logo após um jantar, tinha presenteado àquela puta. Porém, com o mocinho — que depois ficaram sabendo ser advogado, desses de porta de cadeia —, foi bem diferente, e o deixaram, além de castrado, com mais de onze tiros, outras tantas facadas e uma corda de náilon em volta do pescoço, este já quase separado do corpo. Tudo isso para não deixar dúvidas e o amigo ficar satisfeito, como, de fato, aconteceu. Pois, quando se encontraram, dias depois, em uma de suas fazendas, a Boa Sorte, em um bonito lugar perto de Aimorés, o mesmo estava muito feliz, deitado em uma rede: tomava refresco de maracujá, ouvia boleros e seguia todas as notícias pelos jornais, que mandava buscar na cidade enquanto a sua mulher e os seus filhos passeavam a cavalo.

20

E Nivaldo e Rui, sozinhos ali na fazenda Maravilha, enquanto esperavam por Lúcio Santos, que havia ido se encontrar com Rodrigo Lima, olhavam a lua clarear tudo ao redor e formar sombras, na passagem de algumas nuvens, traçando estranhos desenhos na terra. Tomavam cuba-libre, comiam azeitonas e relembravam os dias passados no Espírito Santo, a história da mulher e tantas outras que, do Suaçuí ao Rio Doce, e até mesmo pelos lados da Bahia, haviam feito deles dois homens conhecidos. E tão acostumados a situações perigosas que essa próxima que talvez tivessem de enfrentar parecia até brincadeira de criança. Pois já sabiam, e achavam muito engraçado, que o tal rapaz, o filho do médico, não saía de casa e devia ser mesmo doido — ou estava se borrando de medo. Então, eles, já bastante bêbados, deram umas boas risadas e pediram à empregada mais azeitonas, outra garrafa de Bacardi, muito gelo e uma Coca litro, pois, naquela noite, com a lua tão bonita, queriam mesmo era encher a cara.

21

Mas Rodrigo Lima, que há quatro dias também estava dentro de casa, vivia uma situação difícil, constrangedora: tinha, entre suas fazendas, a Maravilha e a Urutau, as mercearias, os três caminhões e os outros negócios, enfim, e não podia deixar tudo por conta dos empregados, ou, então, de Vanda, sua mulher, embora ela fosse uma ótima administradora e já houvesse provado em muitas oportunidades. Como da vez em que ele, por causa de uns probleminhas, coisinhas à toa, teve que ficar uns tempos fora de Santa Marta e ela, com competência, soube impor respeito e fazer os lucros dobrarem. Mas Rodrigo sabia que isso não bastava, pois o chefe era ele e sua presença muito importante à frente dos negócios, ainda mais em uma situação daquelas, onde o seu prestígio estava em jogo. Pelo menos um fato era positivo: Daltinho, seu caçula, ficara mais próximo, queria saber de tudo — até do que não devia — e oferecia ajuda que antes nunca havia acontecido. "Em qualquer coisa, pai", ele lhe falara. E Rodrigo, que não era bobo, sabia bem o que isso significava. E esta também — trazer o filho sob controle — era uma de suas preocupações. Eles dois se pareciam. E se lembrou do trabalho que teve quando Daltinho e dois amigos se meteram numa briga que, por pouco, não terminava em tragédia. O rapaz no qual bateram — e bateram muito — era filho de um advogado, desses encrenquinhas e conhecido na região por sua total falta de escrúpulos. E fora preciso, então, usar de toda a sua astúcia, aprendida durante anos, para que as coisas não seguissem adiante, já que as provas contra seu filho e os dois amigos eram mais do que evidentes. E, quando tudo se resolveu, a queixa foi retirada e nem se começou a fazer o processo, ele então chamou Daltinho, trancaram-se no escritório e ele foi duro, muito duro no que disse. E, a partir daí, andaram meio afastados — bem mais do que já estavam antes disso. E era nessas e em outras coisas que Rodrigo pensava naquela noite, horas após Lúcio Santos ter voltado para a fazenda Maravilha, onde encontrou Nivaldo e Rui já completamente bêbados. E quatro dias depois do retorno daquele homem para o enterro de sua mãe, Maria Lucas, e o começo do pesadelo que estava vivendo. E, mais uma vez, de olhos fechados, voltou a imaginar como seria aquele rapaz: quantos anos teria, se era alto como a família da mãe ou mais baixo como o pai; se havia se casado, se teria filhos e, principalmente, se a fisionomia era a de Juko. O doutor Juko Lucena, que ele havia matado e que, ao tomar o último tiro, subira o restante da escada, conseguira ainda virar-se e olhara bem nos seus olhos, para então abrir a porta e cambalear até dentro de casa, onde morrera em cima da mesa na sala, como mais tarde ele ficou sabendo. E Rodrigo, já meio sonolento, pois ele e Lúcio Santos também haviam bebido, via-se ainda — quase trinta anos depois — na possibilidade de, mesmo contra a sua vontade, ter que mandar matar o rapaz, caso ele não fosse embora, pois todos já deviam estar comentando aquela situação e, quem sabe — já que possuía muitos inimigos —, até torcendo pela sua morte.

22

E na manhã seguinte, do seu quinto dia em Santa Marta, quando fumava o primeiro cigarro, antes mesmo de tomar café, o homem viu quando alguém, muito depressa, jogou alguma coisa debaixo da porta, após bater três vezes seguidas. E, de dentro do envelope, em uma folha amarelada, pôde ler, com as mãos trêmulas, o aviso de que, a partir daquele dia, teria apenas quarenta e oito horas para deixar a cidade, se não quisesse morrer. "Te picamos igual ao cachorro", o bilhete dizia. E falava ainda — e as palavras estavam grifadas — que não só ele, mas toda a sua família, era gente que não valia nada, "porque lixo como vocês só serve para o esgoto". E continha ainda várias outras ameaças, ofensas não só à memória de seu pai, a quem chamavam "paraíba de merda", como também à de sua mãe, retratada em um esboço obsceno com os dizeres: "putinha safada". E a primeira vontade daquele homem, após ler o bilhete, foi de pegar a arma e ir à casa de Rodrigo Lima resolver aquela situação. Matá-lo. Ou até mesmo morrer, de uma maneira menos inglória. Mas, em seguida, após refletir, acabou concluindo que o melhor, naquelas circunstâncias, seria mesmo arranjar suas malas, procurar Maria Tereza, entregar a ela a chave da casa, deixar de lado aquelas "gavetas" e sumir de vez, como se tudo não houvesse passado de um pesadelo. Cruel. Mas um pesadelo. E, caso o ônibus já tivesse partido — pois só havia um por dia —, tomaria um táxi (ainda tinha algum dinheiro) e iria para Governador Valadares. De lá — já longe do inferno que estava vivendo — seguiria para São Paulo no primeiro carro que descesse do norte e nunca mais daria notícias, como fez Ruth, quando foi para os Estados Unidos, e também muitos outros. E só naquele momento ele começava a entender por quê. "Bem que minha mãe me avisou", falou para si mesmo, e começou a pensar — e o estômago voltou a doer — que poderiam de fato matá-lo ou, então, ser obrigado a matar. E um medo intenso — que até aquela hora não havia sentido, nem mesmo nas crises de maior solidão, e não foram poucas — começou a se apoderar dele. E seguiu-se uma enorme vontade de ir ao banheiro, onde deixou, mais uma vez, um amontoado de fezes ralas, amareladas e com um cheiro terrível, que o fizeram ter nojo de seu próprio corpo, como certa vez na infância, depois de tomar um remédio, viu deslizar por entre suas pernas uma lombriga grande. E ela o fez viver momentos de horror, "como os de agora", quando parecia estar chegando ao seu limite máximo e, talvez, não suportasse tanto peso. E se via também — como fizeram com seu pai — ali em cima da mesa, todo sujo de sangue, com uma gosma saindo da boca, e só acompanhado por Maria Tereza, já que nem suas tias, seu primo, Pedro e muito menos a tal Inês teriam coragem de velá-lo. "Será horrível, meu Deus." E continuava assim nesses devaneios e, ainda com o bilhete nas mãos (que tremiam muito), lembrou-se de que, à tarde — Maria Tereza lhe falara — seria celebrada a missa de sétimo dia pela alma de sua mãe. E acendeu mais um cigarro. Tomou dois conhaques e — chegou até a segurar uma chave, superstição que havia aprendido com um baiano para que a bebida não voltasse — ainda virou vários outros, até quase o meio-dia, quando sua prima o encontrou ali, já quase fora de si: sem camisa, encolhido na poltrona e — o que mais a impressionou — com um sorriso parado, parecendo vir de muito longe. E ela, após ler o bilhete, que ele lhe entregou em silêncio, foi muito ríspida ao dizer: "Amanhã você vai embora." E falou ainda que, caso ele quisesse, ela mesma tomaria conta da casa. E ainda perguntou: "Você está me ouvindo?" E ele só respondeu: "Sim." Então, Maria Tereza, quase sem querer — e, talvez, só para amedrontá-lo um pouco mais, forçando a sua partida —, começou a contar a história de Marco Antônio, o biólogo que viera trabalhar em Santa Marta, logo após a inauguração do hospital. Ele, assim que chegou, iniciou um namoro com Sandrinha, uma das filhas de Antônio Lima, o irmão mais velho de Rodrigo. E ela, que ajudava o pai, também comerciante, um dia começou a passar mal, lá mesmo na loja, a vomitar e a queixar-se de tonteiras, manifestando também — e já vinha acontecendo há algum tempo — uns desejos estranhos, como passar um dia inteiro só comendo gelatina ou, então, voltar para o colégio; logo ela, que sempre tivera pavor dos estudos. E esses sintomas — agravando-se nas semanas seguintes — terminaram por fazê-la confessar a gravidez quando não teve mais alternativa; o culpado era Marco Antônio, o biólogo, que a seduziu em um piquenique quando, após afastá-la da turma, mesmo contra a sua vontade, a fez tomar muito vinho, no qual — mas disso ela não tinha certeza — ele deveria "ter colocado bolinha". "Só pode ter sido, meu pai", ela disse. E Antônio Lima, então, procurou o biólogo, a princípio educadamente, e propôs a ele que se casasse logo, antes que a notícia se espalhasse. E ainda disse, já não tão calmo: "Você tem de se responsabilizar pelo que fez." Mas, depois de ouvir um "não", "eu não tenho culpa", Antônio Lima, já quase explodindo, o ameaçou, deu uns murros na mesa e terminou assim a conversa, ouvida por todos no hospital: "Você tem três dias para se decidir." Mas como Marco Antônio continuasse negando e chegou até a falar na mesa de um bar, e na vista de várias pessoas, que Sandrinha não era mais virgem quando ele a conheceu, aconteceu, então, o que todos já esperavam e só ele parecia não saber: foi encontrado morto na varanda de sua casa, uma casinha simples e pintada de azul, que ficava na periferia de Santa Marta e para onde ele e sua mãe, que era viúva, se mudaram quando vieram de Belo Horizonte. E Maria Tereza, após concluir esta história, que seu primo ouviu em silêncio, disse ainda, tentando impressioná-lo: "Isso é pra você ver do que eles são capazes." E contou ainda que, sobre aquele crime, que saiu até nos jornais, ninguém fez nada e nada foi apurado, apesar dos esforços da família do morto, que, mesmo não sendo rica, tinha boas relações e até detetives particulares chegou a contratar. E, após olhar para seu primo, que continuava imóvel, como se não estivesse ali, Maria Tereza — que estava com uma saia azul — foi até a cozinha, passou um café e pediu-lhe que não tomasse mais conhaque, "pelo menos até depois da missa". E este, após levá-la à porta, quando ela quis ir embora, ainda viu sua prima ser cumprimentada por um homem muito alto que tirou o chapéu, abaixou a cabeça e ficou olhando-a, até que sumisse na esquina. "Quem será?", ele se perguntou. Fechou a porta e, de novo dentro de casa, mais uma vez só, ficou imaginando como seria aquela missa. E começou a entrar em pânico. Pensou também — e voltou a sentir medo — como seria se, por uma dessas coincidências que, de vez em quando, acontecem, ele cruzasse na rua com Rodrigo Lima. Será que o reconheceria? E voltou a lembrar-se daquele homem que, anos após anos, aparecia em seus sonhos e povoava suas noites com aquela imagem distorcida, mas sempre associada à figura de seu pai, também inatingível. E aquilo o fazia tão infeliz que até na morte chegara a pensar. Mas só para ele, sem nunca falar para ninguém. Nem mesmo ao doutor Péricles, médico do seu sindicato, quando o procurou e tiveram uma longa conversa e, dias depois, já mais aberto ao mundo, ele ficou conhecendo Socorro. E com ela viveria um grande caso de amor.

23

E o homem, mais uma vez, quase na hora da missa de sua mãe, a que, mesmo contra a vontade, teria que ir, e após a segunda ameaça de morte, voltava a pensar em Socorro. Nas suas pernas roliças, nos seus peitos duros e nos gritos que dava na hora do gozo, quando ele precisava, às vezes, até tapar sua boca para que os vizinhos não a ouvissem. E, ainda com muitas saudades dela, ele se levantou da poltrona, suspirou fundo e, já decidido a abrir as gavetas, caminhou para o quarto de seus pais. Mas, ao chegar lá — e era a segunda vez que acontecia —, voltou a sentir uma emoção estranha e julgou ouvir uma voz que lhe dizia: "Não toque em nada." Assustado, olhou para trás e, num relance, viu sua mãe vestida de branco, com um buquê nas mãos e olhando para ele. "Isso só pode ser um delírio", disse a si mesmo, fez o nome-do-pai e rezou como há muito não fazia. Ao olhar de novo, ela sorria, ainda mais próxima, e, agora, de braços dados com Socorro, toda suja de sangue e com uma das pernas separada do corpo, flutuando. Socorro, com as mãos estendidas, pedia ajuda e repetia, só repetia: "A bruxa me matou." E o homem, naquele momento, pensou que estava mesmo louco. Pediu a Deus que o protegesse e quis fugir, sair correndo dali e buscar ajuda, talvez com Maria Tereza ou qualquer outra pessoa que encontrasse na rua. Mas, instantes depois, já não viu mais nada: no lugar onde elas estiveram só existia uma parede velha, cheirando a mofo e na qual passeava uma lagartixa branca que, em Santa Marta, chama-se taruíra. E ele, mesmo dizendo "não, eu não posso sair daqui", já estava deixando o quarto, enquanto seus pelos — todos os pelos do corpo — ficaram arrepiados e um sentimento bem maior que o medo e um outro, no qual ele vinha pensando há anos, começaram a se instalar em seu coração. E ele viu, com tristeza, que poderia ser o início do fim. Mas, algum tempo depois, após tomar um banho, estava de novo na sala, assentado na mesma poltrona e prometendo-se que, ao voltar da missa, de qualquer jeito abriria aquelas gavetas, "custe o que custar". E suspirou fundo. Olhou de lado e foi à cozinha fazer alguma coisa para comer. E se voltasse a ver sua mãe? E levou a mão ao rosto, percebeu a barba já crescida e tornou a pensar — e isso estava claro — que não poderia ficar mais tempo em Santa Marta e — se ainda houvesse tempo — deveria voltar a São Paulo e ao seu trabalho no banco. Além do mais, conseguira apenas uma licença, e esta seria descontada nas suas férias. Mas isso não o incomodava, já que não costumava mesmo viajar e ficava a maior parte do tempo em casa sozinho ou nos bares, onde algum amigo casual, muitas vezes, acabava lhe trazendo problemas. O dono de um desses bares, seu Leônidas, português da Beira, certo dia lhe falara que deveria escolher melhor as amizades. "Pois aqui, ora pois, é terra de ninguém." Assim, perder quinze dias das férias ou elas inteiras pouco lhe importava. Ainda mais em um momento como aquele — único na sua vida —, quando estava na sua casa para resolver coisas que, nem de longe, poderia imaginar que doessem tanto. E, daquela hora em diante, ele não bebeu mais, pois em breve teria que assistir à missa, sair à rua e, muito pior, conversar com algumas pessoas às quais, com certeza, Maria Tereza e suas tias acabariam por apresentá-lo. E disso ele não teria como fugir.

24

Na fazenda Maravilha, naquele início de tarde, tudo ia bem. Lúcio Santos, Nivaldo e Rui haviam acabado de almoçar e, assentados na varanda, divertiam-se com uma briga de galos que já se prolongava por mais de uma hora. Uma das aves, dona da situação — e consciente disso —, apenas administrava a luta, apesar de ser bem menor do que a outra. Sem camisa, pois fazia muito calor, Lúcio Santos abriu os braços e disse aos seus amigos que conforme as coisas caminhassem — e se o que ele estivesse pensando fosse mesmo verdade — em três ou quatro dias eles iriam embora, pois, para ele, o tal moço não era de nada e, no fundo, perdiam tempo ali. "Tempo e dinheiro", disse e acendeu um cigarro. Mas que a decisão da ida ainda não estava tomada e aguardariam mais um pouco, até ver se, com o bilhete jogado debaixo da porta, o rapaz agiria. "E é isso que vamos esperar." E Lúcio Santos espreguiçou-se de novo, estendeu-se num banco e disse que iria tirar uma soneca, pois aquela briga de galos "já estava enchendo o saco". E ainda brincou: "Até isso aquele idiota do Jânio proibiu." Mas, nesse momento, Nivaldo, do parapeito, perguntou se nem ao menos mais um susto, "como matar outro cachorro", eles não iriam passar no rapaz. E Lúcio Santos sorriu, abriu os braços e disse: "O coitado já deve estar se cagando de medo." E então Nivaldo, como falando a si mesmo — pois às vezes também tinha essa mania —, insistiu, enquanto pegava um cigarro: "Nunca gostei de deixar serviço pela metade." E na mesma hora, já arrependido, quis mudar de assunto; porém Lúcio Santos, quase gritando, respondeu: "Se precisar de sua opinião eu peço." E como o outro abaixasse a cabeça — e também não seria prudente qualquer reação —, o chefe voltou a se deitar. Rui, que estava por perto palitando os dentes, todo esse tempo em silêncio, continuou a folhear o jornal que, por acaso, havia encontrado. Os galos, no terreiro, continuavam a luta. Dona Alice, a empregada, recolheu os copos, comentou sobre o calor. Nivaldo — para livrar-se daquela situação — chamou Rui ao pomar, com a desculpa de chupar umas laranjas serra-d'água que na sua terra se chamavam laranjas-da-ilha. E, saindo os dois — e para que o incidente anterior nem fosse comentado —, Nivaldo foi logo dizendo que as tais laranjas lhe lembravam a infância, quando ele e seus irmãos, ainda muito pequenos — depois da perda dos pais, mortos em um acidente —, foram morar com a avó em uma cidade do interior de São Paulo, Mococa, onde existiam muitos pés dessa fruta. E só então, Rui, calado até aquela hora, tirou os óculos, parou de palitar os dentes e, rindo muito, perguntou com ironia: "Como se chama mesmo o tal lugar? Nome mais esquisito..." Os dois, cansados de não fazer nada, ficaram por ali, no pomar, enquanto Lúcio Santos, já quase dormindo, era surpreendido por Daltinho, o caçula de Rodrigo Lima. E este, após acelerar várias vezes a moto — o que irritou Lúcio, embora tenha conseguido controlar-se —, disse que seu pai mandava pedir para voltarem juntos a Santa Marta, pois à tardinha seria celebrada a missa de sétimo dia pela alma da falecida "e então o rato, querendo ou não, terá de sair da toca". E, poucos minutos depois, acompanhado por Nivaldo e Rui, abaixados no banco de trás da Custom, e seguido por Daltinho, que fazia malabarismos na moto, Lúcio Santos chegava à cidade, distante uns poucos quilômetros da fazenda e onde, já quase escurecendo, na sala de Rodrigo Lima, olhando por uma greta da janela, ficaram finalmente conhecendo o homem quando este, acompanhado por Maria Tereza e de cabeça baixa, passou em frente à casa. Todos, enquanto eles seguiam, ficaram em silêncio; porém Lúcio Santos não deixou de observar quando Rodrigo, ao ver o moço, levou nervosamente as mãos à cabeça. "Como eles se parecem!", pensou Rodrigo Lima. Mas foi tudo muito rápido, já que sua esposa chamou-os para tomar café. "Hoje eu fiz uma rosca." E foram então para a sala. A mesa já estava servida e, para descontrair, dona Vanda começou a puxar conversa. Falou de casos que todos conheciam — sem novidades. Enquanto isso, na igreja, depois de ouvir o evangelho, o homem não conseguia prestar atenção na prédica do padre Thomaz, o mesmo que, no dia da morte de seu pai, fora à sua casa com o missal, a velha e já surrada batina — "seria a mesma?" —, e rezara junto ao corpo ainda quente e sujo de sangue. Que também estivera presente depois, quando saíram com o caixão e ele, agarrado a Rita, sua irmã, começou a perceber que seu mundo, dali em diante, já não seria o mesmo e o que acontecesse — e isso estava muito claro — não teria a trágica dimensão daquela morte. E aquela ferida — que já começava a corroê-lo — jamais deixaria de abrir buracos em seu coração.

25

Após a missa, a que poucas pessoas assistiram, houve os cumprimentos. Os formais cumprimentos de ocasiões assim. E o homem, tentando ser gentil, agradeceu com movimentos da cabeça. Porém, assentada em um banco, ele viu Inês, a moça que, no dia do enterro, se aproximou dele no cemitério, veio com ele até a praça e a quem desejara. Um desejo cheio de culpa, mas era a verdade. E ela estava usando — mesmo dentro da igreja — os óculos escuros e, quando ele ia saindo, a fim de chegar logo em casa, tirar a camisa e tomar um conhaque, ela se aproximou, apertou sua mão e lhe disse baixinho: "Você sumiu..." E ficou assim, segurando-o e olhando para ele enquanto este, muito encabulado, abaixou os olhos, pediu licença e foi encontrar-se com Maria Tereza. Mas, antes de se afastar, ainda ouviu de Inês: "Vamos nos ver..." Seu coração estava disparado. E notou ainda que ela, sem sair do lugar, continuava olhando para ele, que, mais sem graça ainda, tratou de se juntar logo a Maria Tereza, embora sua vontade fosse voltar, olhar bem dentro dos olhos dela e dizer-lhe: "Eu também te quero." Mas sabia que isso era impossível. E quando saíam, já em direção à casa, ele lembrou-se de comprar cigarros, alguma coisa para comer e mais um litro de conhaque. "Será que já chegou o Macieira?" E então pediu para sua prima esperá-lo enquanto ia ao bar em frente à igreja. Mas ela, muito nervosa, lhe disse: "Deixe que eu busco para você." Porém ele não aceitou, tocou no seu braço e atravessou a rua, deixando-a pedindo a Deus para nada lhe acontecer, pois sabia que Daltinho estava lá, bebendo. E, assim que seu primo entrou, pediu um pacote de cigarros, um litro de conhaque e duas latas de salsichas, notou que Bruninho e um rapaz desconhecido estavam a um canto, tomando cerveja. Ambos fumavam. Após receber as compras, pagou-as e foi saindo. Nisso, depois de pedir um Campari, o desconhecido cuspiu no chão, sorriu maliciosamente e disse: "Eu detesto lugares onde permitem a entrada de cães." Falou isso, levantou os olhos e, quando partia na direção do homem, que parou assustado, Bruninho segurou seu braço até que seu ex-colega saísse e, de novo na rua, reencontrasse Maria Tereza, que, aflita, o seguiu até sua casa. Ela não quis entrar, mas, enquanto permaneceu na escada, pediu-lhe que, naquela noite, deixasse todas as portas e janelas fechadas, "pois o ambiente não está bom". E foi muito enfática ao dizer: "Amanhã cedo eu venho me despedir de você." E ele voltou a sentir, em silêncio, um grande carinho por ela. E quis dizer que lhe queria bem. Mas não pôde falar. Como também não conseguira com Socorro e nem com mulher alguma. E era por isso que só a olhava. E então Tereza, encabulada, voltou a insistir para que ele se fosse. "Eu só quero o seu bem." E o homem, com as mãos suadas, permaneceu ali de pé na escada, até que ela dobrasse a esquina. Então, antes de entrar, ele se surpreendeu olhando aqueles degraus e pensando no que seu pai havia passado há quase trinta anos naquele mesmo lugar, após o impacto das balas, ao perceber que iria morrer, pois o sangue já começava a jorrar de sua boca e ele, enchendo-se de um último e desesperado orgulho, reuniu o que lhe sobrava de forças e veio para dentro da casa ainda lúcido, apenas para não se acabar à vista de estranhos. Então ele entrou e fechou a porta. Foi ao banheiro e, enquanto lavava o rosto, continuou pensando. E, mais uma vez, quis poder ver, ao menos por um instante, o rosto de seu pai, que, apesar de tão presente, permanecia uma imagem nebulosa em sua memória, e esta era, desde a sua chegada, a única razão de sua permanência naquela casa, pois esperava encontrar, ao abrir as gavetas, pelo menos uma foto que lhe revelasse por inteiro a face daquela pessoa tão amada, mas igualmente desconhecida para o frágil coração de seu filho.

26

Naquele mesmo instante, já quase chegando em casa, Maria Tereza foi abordada por uma pessoa que tocou em seu braço, segurou forte e só não a fez gritar porque reconheceu a voz que lhe dizia aos ouvidos: "Sou eu, Marinete." Tereza se refez do susto, e sua amiga, puxando-a de lado, disse-lhe que naquela mesma tarde Rodrigo Lima, com ares de mistério, a havia chamado ao seu escritório. E, depois de fechar a porta e as janelas, perguntou se elas eram mesmo amigas e "me pediu que viesse lhe dizer que ele e dona Vanda estão querendo falar com você, se possível agora". E Maria Tereza, preocupando-se, olhou para Marinete, também muito nervosa, e perguntou-lhe o que eles queriam, por que logo naquela noite, quando acabava de voltar de uma missa de sétimo dia e eles sabiam bem de quem. Mas Marinete disse. "Estou apenas lhe dando um recado." E olhou para os lados. E também contou a Maria Tereza

— e esta ficou mais apavorada ainda — que, "enquanto vocês desciam para a igreja, todos eles, inclusive Lúcio Santos, Daltinho e mais dois desconhecidos, ficaram olhando por uma greta até vocês acabarem de passar em frente à casa, e o meu patrão, vendo o seu primo, começou a ficar meio esquisito e só melhorou quando dona Vanda, dando uma desculpa, tirou eles dali, dizendo que fez uma rosca e que estava na hora do café. Mas a rosca, Tê, quem fez fui eu". E então Maria Tereza, sem alternativa, acompanhou Marinete, de braços dados. Quando chegaram, sua amiga a levou até a sala. Rodrigo e dona Vanda já estavam esperando-a e, levantando--se, ele estendeu-lhe a mão, após agradecer sua vinda. Perguntou-lhe então se ela queria alguma bebida ou se preferia um cafezinho. Maria Tereza, assustada, só balançava a cabeça, agradecendo, e não podia acreditar que estivesse ali, bem no coração dos Lima: naquela casa até então proibida não só para ela, mas para todos de sua família. E o chefe, após convidá-la a se sentar, foi direto ao assunto e, sem rodeios, começou dizendo "há muitos anos, e talvez você ainda nem fosse nascida" — e Maria Tereza notou que ele tentava agradá-la —, "nossas famílias tiveram um problema inevitável, infelizmente". E suspirou fundo ao dizer: "e tudo acabou — isso não é segredo para ninguém — com a morte de seu tio. E, como todos por aqui, você deve saber quem o matou, por motivos que agora não vêm ao caso". E fez mais uma pausa. E Tereza percebeu o quanto era difícil para ele falar desse assunto. Mas Rodrigo prosseguiu, chamou-a de "minha filha" e disse que tudo poderia ter sido resolvido se os tempos "fossem como os de agora, quando a gente pode conversar, as coisas mudaram muito e até as nossas famílias" — e ele continuava em pé — "deixaram de lado essas antigas desavenças que, de resto, não iriam levar a nada". E Maria Tereza, em silêncio — sem nem ao menos mudar de posição no sofá —, ouviu-o dizer: "Porque sei ser você uma pessoa sensata, pedi a Marinete para dar o meu recado, e agradeço muito por ter me atendido." E disse ainda, abaixando a voz, o motivo principal daquele encontro: pedir-lhe, encarecidamente, que intercedesse junto "ao rapaz" para ir embora, pois sua presença estava causando problemas. "Muito mais do que você imagina." E, ainda de pé — e sua voz, agora, já estava alterada —, Rodrigo tossiu forte e finalizou: "Caso esse pedido, feito com toda atenção, não seja atendido, terei de, mesmo contra a minha vontade, tomar outras providências." Neste instante, dona Vanda, calada até então, como Maria Tereza, levantou-se, aproximou-se do marido, falou alguma coisa ao seu ouvido e, voltando-se para Tereza, perguntou-lhe o que, de coração, ela achava de tudo aquilo. E ainda disse, com seu antigo cacoete de ajeitar os brincos e piscar várias vezes: "Você sabe como é, Tê, a gente tem medo de alguma desgraça." Mas aí Maria Tereza, temendo não conseguir mais falar se perdesse aquele momento, talvez único, encarou Rodrigo Lima e dona Vanda e, como se não estivesse ali, mas fora até de seu corpo, começou afirmando que seu primo só voltara para o enterro da mãe. E ele nunca fora de briga e nem queria desavenças com ninguém e, se ainda estava em Santa Marta, não era buscando vinganças ou coisa parecida. "Não. Não é nada disso. Ele só ainda não foi embora porque está terminando de olhar o pouco que a tia deixou: alguma carta, algum documento, já que bens materiais, além da casa, ela não tinha." E vacilou, para, então, completar: "Pois o tio Juko não ligava para dinheiro." E, surpresa com a própria coragem, Tereza ainda disse — mas na hora se arrependeu — que seu primo nem arma tinha e sequer uma única vez fizera qualquer referência à morte de seu pai, do qual quase não se lembrava. "E é também por isso — ver se consegue algo para guardar de lembrança — que ele ainda está aqui." E tomou fôlego. Olhou Rodrigo e também dona Vanda (eles estavam de mãos dadas e em silêncio), finalizando: "Hoje mesmo, antes da missa, ele disse que amanhã, no máximo depois, irá embora." E Maria Tereza, já quase chorando, calou-se. E, mais uma vez olhando Rodrigo de frente, passou as mãos nos cabelos, gaguejou que já estava ficando tarde e precisava ir. Foi se levantando meio atordoada, deixou cair o cinzeiro no chão e parecia já não ser dona de suas ações. Rodrigo Lima, tentando ser cortês, ofereceu-se para levá-la: "Iremos eu e Vanda", disse ele. Mas Tereza agradeceu. Então eles a acompanharam até a porta e ela, já na rua, como se levitasse, foi andando em direção à sua casa. Sua mente estava tão confusa que ela nem notou — ao passar em frente ao bar — que Daltinho e Bruninho continuavam lá, encostados no balcão. E, ainda atordoada, alguns minutos depois — e sem ao menos trocar de roupa —, ela se atirou na cama, porém, por mais que tentasse, mesmo estando tão cansada, não conseguia dormir, pois seus pensamentos, todos eles, voltavam-se numa só direção: seu primo. E Tereza, deitada de bruços e de olhos fechados, esqueceu a conversa que, minutos atrás, tivera com os Lima e a deixara assustada. E começou a se perguntar: "O que ele estará fazendo agora?" E nos instantes seguintes — e mesmo sabendo que jamais teria coragem — teve vontade de se levantar, vestir sua roupa mais bonita, passar um pouco de perfume, uma discreta sombra nos olhos e, protegida pela noite, ir até a casa daquele homem, bater de leve na janela e, quando ele a abrisse após o seu chamado, dizer-lhe, já com os lábios colados aos dele: "Eu preciso de você."

27

Daltinho, já muito bêbado, não se cansava de dizer o quanto gostava do seu pai e que não aceitava vê-lo sendo humilhado daquela maneira. Falava e continuava a beber. E Bruninho, junto dele — conhecendo bem os Lima e sabendo do que eram capazes quando embriagados —, tentava convencê-lo a irem para casa. Mas este, já do lado de dentro do balcão, serviu-se de mais uma cerveja, outro Campari com limão, acendeu um cigarro e disse ao amigo: "Venha cá, meu mano." E, assim que Bruninho se aproximou, ele, abrindo a camisa, mostrou-lhe um revólver Taurus 38, cano curto reforçado, deu uma boa gargalhada e disse, olhando ao redor para ver se não eram notados: "É só para prevenir." E virou mais um trago — e já se servia de outro Campari quando, levando as mãos à barriga, demonstrou não estar se sentindo bem. E ali mesmo o vômito, saindo à vontade, sujou todo o balcão, as cadeiras, as toalhas e até as calças do dono do bar; este, há anos naquela profissão, não reclamou, pois sabia que era melhor ficar calado. E Bruninho, finalmente, conseguiu tirá-lo dali, e a muito custo colocá-lo no carro, que ainda demorou a pegar. Quando Rodrigo Lima abriu a porta da casa, acolhendo o filho, pediu ao empregado que o ajudasse a levá-lo para a cama — "pois este menino é muito pesado." Já passava da meia-noite, mas ainda havia tempo — e assim ficara combinado — para Bruninho ir à fazenda Maravilha, pois Lúcio Santos queria, antes de voltar com seus homens para Ipatinga, conversar com ele, instruí-lo, ensiná-lo como agir caso o rapaz tentasse alguma coisa, o que ele achava pouco provável, "pois o pobre", no seu entender, "tinha o miolo meio mole."

28

Naquele início de madrugada do sexto dia de sua chegada a Santa Marta para o enterro de sua mãe, Maria Lucas, fulminada por um ataque cardíaco, e quase trinta anos depois da morte de seu pai, o médico Juko Lucena, assassinado com três tiros nas costas, o filho, já com quase quarenta anos, estava ali na antiga casa, na sala, recostado à poltrona que fora de sua mãe e onde ela, depois do crime — e até mesmo antes dele —, passara a maior parte da vida. Já havia tomado muito conhaque, o estômago doía, e ele sentia uma incrível vontade de chorar. Tudo isso porque, contrariando a vontade dela, várias vezes repetida, ele voltara àquela cidade e, sobretudo, àquela casa onde muito de sua vida, da parte mais entranhada de sua vida, estava guardado naquelas gavetas, que — e isso o apavorava — ele não conseguia abrir, como se uma força misteriosa o impedisse. E como lutar contra ela? Ele não sabia. E, já bêbado e muito só, aquele homem, entre tantas outras lembranças, começou a recordar-se do dia em que a mãe saíra para fazer compras e, ao voltar, os encontrara, a ele e a Rita, no quarto cuja entrada lhes era proibida: o do casal. E os dois estavam com o guarda-roupa aberto e já vestidos: ele, com o terno azul de seu pai, o cachimbo à boca, e Rita, sorrindo, olhava-se no espelho já de batom passado, várias cores de sombra nos olhos, e começava a pintar as unhas. A princípio, para alívio de ambos, a mãe nada disse, e chegou até a esboçar um sorriso. Mas, em seguida, após ir ao terreiro e de lá voltar com uma vara, deu-lhes uma surra, até que, cansados de tanto chorar, ele e Rita apenas soluçavam. E, como se não bastasse, ela ainda os trancou no quarto dos fundos, muito escuro e onde, nas noites de sexta-feira, aparecia a alma de um ex-promotor de justiça, o famoso Bode Velho que, antes de voltar para sua terra, Montes Claros, morara naquela casa, onde, em várias ocasiões — para o espanto de todos em Santa Marta —, se transformara em lobisomem: "a própria imagem do cão", segundo diziam. E o homem, enchendo mais uma vez o copo, lembrou-se também da vez em que ele, andando distraído pelo terreiro, encontrou a cobra de duas cabeças vista na tarde do dia anterior pela empregada, que, em vez de matá-la, preferira jogar-lhe água fervente, "pra sofrer mais", ela disse. E a cobra, já quase morta pelas queimaduras, estava sendo picada por centenas de formigas, que, numa fúria incontrolável, acabaram por liquidá-la. E aquela cena ele, mesmo depois de tantos anos, vivenciava com tanta clareza quanto se tivesse acontecido há poucas horas e as formigas ainda continuassem por ali, acabando de consumar a tragédia. E, apertando os olhos e querendo pensar em outras coisas, o homem tomou mais um conhaque — um Macieira, finalmente! —, a dor no estômago continuou, e ele falou a si próprio e repetiu em voz alta que, tão logo amanhecesse — tivesse ou não aberto as gavetas —, iria procurar sua prima, entregar-lhe as chaves da casa e partir daquele lugar, pois não mais o tolerava. Então, já completamente tonto, adormeceu, enquanto lá fora, nas ruas, o silêncio ficou tão grande que nem Maria Tereza, acostumada a ele e também sozinha, conseguia suportar. E ela, deixando-se levar pelo desassossego, puxou o cobertor sobre o corpo. E sentiu medo. Muito medo de ouvir outra vez o piar da coruja que, quase todas as noites, assustando-a cada vez mais, pousava numa árvore próxima à janela de seu quarto. Isso enquanto suas mãos, quentes e ásperas — e fora de controle —, começaram a acariciar os seios. E todo seu corpo tremia, e o ventre, quase molhado, começava a aceitar, muito timidamente, o contato dos próprios dedos, e ela, com medo daqueles instantes tornarem-se eternos, sentiu que, pela primeira vez, alguém poderia ser dono do seu coração.

29

Mas amanheceu, e o homem estava de ressaca. Sua cabeça doía, e sentia-se muito deprimido. Dormira apenas de madrugada, assim mesmo a intervalos, já que alguns sonhos, dos quais não se recordava, o assaltaram durante a noite. A maior parte do tempo ele passara no quarto de seus pais, sentado na cama, sem coragem, por mais que quisesse, de abrir aquelas gavetas. A cabeça parecia estourar. E era grande o mal-estar que sentia. E foi assim que Tereza o encontrou às onze horas, pois, como o ônibus só partiria às duas, ela viera despedir-se. Decidira — já que ele iria mesmo embora — não contar nada a respeito da conversa da noite anterior com os Lima. E ele, assim que a viu, acendeu o primeiro cigarro do dia, passou as mãos nos cabelos, tossiu forte e disse: "Você acredita que ainda não olhei nada?" E deu uma tragada. Levou de novo as mãos à cabeça, tomou um pouco de água e, como se fizesse uma confissão, voltou a falar: "Às vezes, eu acho que estou ficando louco." E levantou-se de uma vez. Abriu a porta que dava para o terreiro, saiu às pressas, e um ar frio veio alojar-se por entre as pernas de Maria Tereza, e ela voltou a sentir-se como na noite anterior, quando, sozinha na cama, deixara os pensamentos voarem até o corpo de seu primo, que a esperava de braços abertos, já sem camisa e coberto apenas por um lençol. Mas, na mesma hora, vendo que ele voltava, ergueu-se, foi ao banheiro e lavou o rosto. E enquanto ele a convidava para um café, resolveu que voltaria atrás na decisão e tocaria na conversa com os Lima. E Tereza estava nervosa. Também havia acendido um cigarro, torcia as mãos, e ele, calado, apenas a olhava. E seus olhos estavam parados, fixos na parede, e nada nele se movia. Foi então que ela, enchendo-se de coragem, chegou bem perto do primo, segurou-lhe o braço, suspirou fundo e disse: "Fale alguma coisa." Mas ele, daí a alguns minutos — e após trocar o café por duas doses de conhaque —, respondeu: "Eu preciso saber de tudo." Caminhou até a janela e, outra vez alterado, revelou: "Muito de mim está aqui." E voltou-se de repente, e seus olhos brilharam de uma maneira estranha que ela nunca vira. E, mais perturbada ainda, voltando a sentir medo, Tereza quis dizer alguma coisa e tentar, se possível, reverter tudo aquilo. Mas seu primo se aproximou e, com um gesto brusco, tomou suas mãos e as levou ao rosto, que parecia queimar. Tereza, num impulso, quis afastá-las. Mas ele, mantendo-as ali, apenas disse: "Está tudo bem." E aquela mulher, tomada de pavor, não soube mais como agir enquanto ele repetia: "Tudo, tudo bem." E foi quando — e as coisas se clarearam de vez — ela teve a certeza, e percebeu um frio percorrer-lhe todo o corpo, de que seu primo já não era aquele homem que ela encontrara, depois de tantos anos, no enterro de sua mãe. Mas estava ali outra pessoa: um estranho que trazia agora, além de uma profunda tristeza, um indecifrável sorriso, o mesmo que, a partir daquele momento, se fixaria ainda mais no seu rosto até que, na manhã seguinte, quando foi visitá-lo, ela estranhou a porta apenas encostada, o que não costumava acontecer, já que ele, depois de tantos acontecimentos, ficara mais precavido. E, guiada por um pressentimento, Tereza foi entrando casa adentro. E, contrariando seu costume, ele não estava na sala, sentado na velha poltrona, fumando e bebendo. Era muito grande o silêncio. Tereza correu à cozinha, mas também não o avistou. A porta do banheiro estava aberta. Deu ainda uma olhada no terreiro onde, dias antes, eles haviam enterrado o cachorro. E, de volta à sala, já começando a chorar, encontrou em cima da mesa uma garrafa quase vazia e, debaixo dela, um bilhete: "Prima, tome esse último conhaque por mim." Então ela correu para o quarto. Todas as gavetas do guarda-roupa estavam reviradas. A cama de casal desarrumada e, em cima dela, ao lado da antiga arma e, espalhadas entre os lençóis, estavam várias cartas que Maria Tereza, sem querer acreditar no que elas revelavam, foi lendo estarrecida. O homem, com uma expressão tão perplexa quanto a sua, os olhos abertos e já muito pálido, tinha uma pequena mancha vermelha no peito, bem em cima do coração.

POSFÁCIO

Wander Melo Miranda*

Carlos Herculano Lopes é autor de uma obra composta por romances, contos e crônicas escritos num estilo resultante da reelaboração da linguagem coloquial e jornalística, o que confere a seus textos notável expressividade e valor artístico. Desde a estreia, com os contos de *O sol nas paredes* (1980), sua singularidade logo se impôs, ao apresentar uma nova maneira de tratar temas locais sem se prender a regionalismos limitadores ou à repetitiva temática urbana, vigente nas últimas décadas na literatura brasileira, nem sempre com bons resultados.

Opta por situar a ação de seus personagens geralmente em pequenas cidades localizadas em lugares reais ou imaginários de Minas Gerais, aos quais dá dimensão generalizadora, em razão dos conflitos representados.

---

* Professor emérito da Faculdade de Letras da UFMG e pesquisador nível 1A do CNPq.

Isenta de modismos e fiel a um projeto literário levado a efeito com determinação e rara capacidade narrativa, a obra de Carlos Herculano mantém-se atual, ao oferecer sempre novas possibilidades de leitura, principalmente por retratar uma sociedade presa ao beco sem saída de suas limitações, das quais seus personagens são vítimas e algozes.

É o caso de *O último conhaque* (1995), que ora o leitor tem em mãos. O livro narra a volta do protagonista à cidadezinha natal para o enterro da mãe, após décadas morando em São Paulo e contrariando o desejo expresso por ela de que nunca voltasse. Tomado por uma vertigem de lembranças, vê sua estada no lugar tornar-se um périplo identitário – "Eu preciso saber de tudo", diz ele. A morte do pai, assassinado há muitos anos por um mandachuva local, dá um tom dramático à reminiscência e reforça a inquietação e o desconforto do filho diante de sua história pessoal e comunitária, pois faz "sangrar, novamente, ferida que já havia quase cicatrizado".

O lugarejo perdido no interior de Minas, palco dos acontecimentos vividos e rememorados, é um enclave geográfico e simbólico que referenda a busca pelo rosto esquecido do pai – "uma imagem nebulosa em sua memória". A perda da mãe desencadeia uma espécie de autoexame confessional que faz o filho reviver a história pessoal à maneira de um "devaneio" meio alucinado, forma de saber interdito cujas ressonâncias modulam o texto pela voz de um narrador que funciona como um aparelho registrador de múltiplas vozes em confronto.

A volta à casa paterna retoma um motivo caro à literatura brasileira, a exemplo da obra de escritores como Raduan Nassar, Lúcio Cardoso e Autran Dourado, que se debruçam sobre o declínio ou ruína da ordem familiar "como se tudo não houvesse passado de um pesadelo". Esse pesadelo renitente não cessa de assombrar os personagens do livro, por lançá-los, sem muitas possibilidades de solução, ao enigma com o qual sobretudo o protagonista se depara ao tentar descobrir a causa do assassinato do pai. Vê-se, então, diante de uma revisão cerrada e impiedosa da sua existência, através de uma terceira pessoa não nomeada pelo narrador, numa linguagem seca e direta, o que contribui sem dúvida para uma repercussão mais geral e incisiva da matéria narrada.

Sob a égide da violência que paira sobre a cidade, invisível, mas fortemente pressentida por seus moradores, o texto se constrói por capítulos sem parágrafos, num ritmo que parece mimetizar a espera angustiante da ameaça prestes a se cumprir e mantida em suspenso — em suspense — pela narrativa. A embriaguez do protagonista pelo conhaque barato, que desde o título do livro enuncia seu fim e sua finalidade, dá uma inflexão peculiar aos fatos assim rememorados e reforça a feição opaca e enigmática da realidade rememorada, embora nítida quanto à opressão que a constitui.

A contabilização de perdas e ganhos pelo filho bancário dá à sua prestação de contas com o passado um resultado sempre em aberto, que o tiro final só faz ampliar.

O acontecimento traumático, que mobiliza a narrativa e que o enterro da mãe acresce de significação suplementar, desencadeia a busca por uma forma de conhecimento perigoso, ao deixar o protagonista à mercê dos pistoleiros prontos para matá-lo como o cachorro agonizante que lhe colocam à porta de casa como aviso. A história não para de se repetir — como farsa ou tragédia?

Afinal, tudo concorre para a elucidação de um outro crime mais abrangente, cometido por uma sociedade que Santa Marta encarna e o texto de Carlos Herculano expõe em minúcias. Sua força de persuasão literária está toda na criação desse outro mundo, que se afasta por momentos da nossa realidade para melhor representá-la — nossa felicidade e danação. O que mais é necessário para justificar a atualidade deste pequeno grande livro?

Este livro foi composto na tipografia Minion Pro,
em corpo 12/16, e impresso em
papel off-white no Sistema Cameron da
Divisão Gráfica da Distribuidora Record.